U0131098

NK INK INK INK INK INK IN
INK INK INK INK INK INK
NK INK INK INK INK INK IN
INK INK INK INK INK INK
NK INK INK INK INK INK IN
INK INK INK INK INK INK
NK INK INK INK INK INK IN
INK INK INK INK INK INK
NK INK INK INK INK INK IN
INK INK INK INK INK INK
NK INK INK INK INK INK IN
INK INK INK INK INK INK
NK INK INK INK INK INK IN
INK INK INK INK INK INK
NK INK INK INK INK INK IN
INK INK INK INK INK INK
NK INK INK INK INK INK IN
INK INK INK INK INK INK
NK INK INK INK INK INK IN
INK INK INK INK INK INK
NK INK INK INK INK INK IN
INK INK INK INK INK INK
NK INK INK INK INK INK IN
INK INK INK INK INK INK
NK INK INK INK INK INK IN

# 粉紅樓窗

周芬伶◎著

# 目次

# 聖與魔——俗世啓示錄

周芬伶

漸漸的，寫小說變成一種心情記錄，或者夢的殘餘，散文無法表達的複雜情緒全在這裡了。也就沒那麼刻意講求技巧；教現代小說二十餘年，什麼樣的奇技淫巧都見過，看多了也麻木了。素樸地把一件事說清楚，或者不清楚的情緒直接掛在那裡，一個平凡人物的幾個動作，人生的偶遇，一個奇異的空間，比春夢還散亂的畫面……小說讓我找到更自由的表達方式，散文還有道德束縛，小說可以完全逍遙法外。每天寫上幾段，這樣的習慣持續三年，居然也能成文成書，連我都覺不可思議。有人說我的小說更貼近我的心情，可能是這種日記式的寫法造成。

一個模糊的方向是有的，而且極嚴肅，極說理，散亂輕鬆的寫法，像編織一樣，五色絲線斑斕交織，漸漸有了圖形。

成書之後，以研究小說的眼光，明顯找到一個缺點，太易讀了。我寫小說從不易讀的反小說寫起，《妹妹向左轉》就不易讀，那時我偏食著後設、魔幻、新小說，把它們集合在一起，超怪誕的，那種小說只能玩一次，這也是後設小說難以爲繼的原因；現在我喜歡連綴短篇成長篇，像一個蛋成形，然後在蛋殼上敲一小洞，讓它小碎裂，這樣各篇互通聲氣，多頭並進，打破小說之一元性統一性，這在《妹妹向左轉》、《影子情人》中已有雛型；然小說之易讀其實也是陷阱，因爲在這些僞俗世小說背後，埋藏著對生命的激辯。

青春與衰亡，文明與廢墟，疾病與死亡，愛情與宿命，男與女，非男與非女，非非男與非非女，聖與魔……，這些嚴肅的哲學命題，都以世俗的面貌呈現，尋求著末世的天啓，超自然感應，這麼說來，說它是含有一點哲理的小說也未嘗不可。

然哲理不落言詮，在過往的一個世紀，小說家對魔道的探索已窮極所有，從魯迅、張愛玲到舞鶴、駱以軍，人性的邪惡面探索到最後，讓我們的心靈癱瘓，美感盡失，在這樣一個群魔亂舞的時代，更激發我們對神聖的渴求，神聖寧是不可求的嗎？聖與魔原是一體之兩面，過份偏於一端皆失之偏頗，我懷想著舊俄的小說，德國巴洛克時期的

「悲哀戲劇」，它根植於歷史之中，是人的悲慘處境的展示，是世俗的、塵世的、肉體的。沒有英雄，只有烈士，與男歡女愛悲歡離合，用一種表情的、誇張的形式，使觀眾參與其中，而不是觀賞其外，班雅明認爲這種「廢墟寓言」主要的目的是打破美的幻象，以顯現眞理內涵。又，舊俄小說，追求心靈的極限，緣於靈魂的饑渴，發出悲天憫人的吶喊，罪與罰，基督與救贖，並散發著乾燥之美，相比之下，當代小說太潮濕、太肉感、太形而下；巴洛克悲哀戲劇，依班雅明的說法，對於災難，零散而不連貫的表現形式，和二十世紀文學類似，作家無法在殘破的世界中找到規範與和諧，只有通過寓言中腐爛和死亡的形式向永恆乞靈，它所體現的是一種贖救的功能。

小說家除了是說書人，他也是文字的修行者，不管是聖道或魔道，皆是心靈極限追求的表現，關於文學之善道，前人說得夠多，也寫得夠多，小說關乎人心，關乎教化，也有許多人指出，文學之惡是近現代文學普遍的命題，以杜斯妥也夫斯基爲例，他對人類罪行的描寫可謂深刻，然更加彰顯他對神聖的追求，在《罪與罰》中他寫著：

倘若命運帶給他悔恨——捶胸頓足、痛苦到無法成眠的悔恨，令人難以忍耐的恐怖苦痛、不論自縊或跳海都無法描繪的悔恨——說不定他將會非常快樂。苦痛與淚水的生活終究還是生活。然而，他卻不後悔自己的罪行。

也就是說，在這一點上，他承認了自己的罪。他無法隱忍而自首的也就是這一點而已。

拉斯犯了罪行卻不後悔，就在這一點，他承認了自己有罪，這是罪的兩面性，與道德的兩面性。一個時常在思考罪與罰的人恰恰是道德的，因爲他對道德十分敏感，這也是作者想表達的，惡道與善道，聖與魔只在一線之間，當然作者的道德意識也是十分強烈的。

只有犯過罪的人，才知道德之脆弱與弔詭，道德的書寫不道德，不道德的書寫道德，我想我是不道德的，也是道德的。

道德，不是光說說就可以，書寫本身即是道德與不道德的實踐。

我隱隱感知新世紀小說家對神聖的渴求，如李渝的小說，書寫殘酷與典雅之美，不管是〈江行初雪〉的悲涼；或《溫州街的故事》中的詭麗；《金絲猿的故事》的奇崛，是爲殘暴之美，都不是單純的壯美（Sublimity，雄渾）或優美（Grace，優雅），而是殘暴與優雅的組合，古典與現代的交融。作者對暴力美學深有體會，因此也就格外的追求超脱之道。佛陀、基督的慈悲，乃至花園（天堂）意象的提出，似乎是與人間地獄作爲對比：

他的園圃建立了繆歌式花園風格，是這類花園的極品，世界園林建築學上的不朽之作，在缺水地區尤其被當作範本來研習摹製，後人在他的玫瑰栽培上繼續努力，又研發出千萬品種，混合了五洲血脈，今日各地遍地養植，為全世界人所喜愛。當時波斯文稱巴布爾的花園為 pairidaeza，意指「圍在牆內的花園」，後來被英語借用 pairadise「天堂」一詞的由來。（《賢明時代》p.209）

在新世紀初，李渝出版這本看來有點怪異的書，圖文並茂，性別越界，會不會對上個世紀或更早的人類歷史的恐怖與殘暴的追憶，而祈求「賢明、和平、天堂」的到來？又如阮慶岳的小說背離魯迅以來憤世嫉俗的文學主題，而代之以溫馨和緩，他處處援引《聖經》或佛書，在《東湖三部曲》中的靈魂人物「凱旋」，源自《聖經．哥林多前書》十五章五十四節有「死亡已被凱旋吞滅」一段文字。他代表的是奇蹟與基督的聖境，一個先知，也是救世主的化身。他的小說美學是更古典的，筆法在在寫實主義與自然主義之間，內涵再接上現代主義的托瑪斯．曼與赫曼．赫塞，他們那充滿詩情的狂熱，與溫馨柔和的筆調，訴說著美，也訴說著神聖，這裡面還有廣大普遍的鄉愁。

在這個神祕與神聖不分的時代，我們常誤把神祕的誤爲神聖的，或把名嘴視爲先知，把乩童視爲救世主，這緣於亂世中人類內心的騷動陰影的投射，或是意志的衝動，人們迷信著種種預言、天啓、通靈者說，心靈的倒退越趨嚴重；然迷信是心靈的貪懶與方便之道。

令我想到蒙田在〈論預兆〉一文中說：

在社會秩序混亂的時候，人民受了厄運底打擊，輕率投身於各種迷信，向上天尋求它們底災難底遠古的恫嚇與緣因。而它們出現時是這般意外地順利，我敢說（這是一個銳利而空閒的頭腦底消遣）那些精於解開這些玄機的人無論在什麼書裡都可以找到他們所想找的東西。可是尤其是他們易於從事的是這種預言式的讒話底模糊，惝恍和不經，它們底著者原就不給它們任何清晰的意義，以便後世隨他們底幻想加註解。

蘇格拉底的幽靈，據我底意見，就是這種意志底衝動，不待他底理性允許便呈現給他。在一顆修養這麼深的靈魂，不斷地受智慧與道德的陶冶，大概連這種率性，雖則是偶然，也是善良而且值得聽從的罷。每個人在他內心都有這種騷動底影像。我也曾經有過，我任它們推移對於我是這般有益和順利，簡直可以想像它們是從神聖的靈感而來的。

這麼說，小說家放任自己遊走於神祕之域，是爲了有益心靈且讓一切進行順利，更何況它與神聖的靈感有關哩。

小說，在「說」、「說故事」、「小說」、「小說性」之間有極大的差別，「小說性」才是小說家的終極目標。有些小說光是想說話而已；有些小說在說故事；有些小說符合小說的要件，然藝術性不高。所謂的「小說性」，是指作家創造出的小說世界，它疏離於眞實世界，卻比眞實世界更鮮活更眞實，更是意義的宇宙。

我覺得這三年來的「小說練習」與「摸索」，恰恰呈現從說到說故事到小說、小說性的完整過程。一直寫到〈樓窗〉才掌握到小說性的端倪，故以此篇爲書名。然〈桃花〉是最後寫成，也是蛋殼上的小破洞，本想讓各篇人物到另一篇到處走動，然奇士勞斯基玩過的手法，不玩了。

以前我認爲寫散文要投入較多的感情，寫小說需要廣大的想像，現在我將深情融入小說中，才發現它是不見底的深情之井。光是客觀與寫實與技巧是不足的；或者說，無深情難以成就好文章，不管任何文類。

小說於我還生疏，新手上路，請多包涵，我覺得以後還可以更好。

# 愛之美吃書

兩姊妹約在倫敦一起看戲，這是景和敬多年的夢想，約了好幾年終於夢想成眞，尤其是一起過新年，意義更是不凡，景過年就四十五了，敬小一歲，兄弟姊妹中兩人感情最好，從小睡同榻出同行，辦家家酒輪流飾演男女主角，培養出深厚的感情，連朋友情人都很難插進來。景說：「誰叫我們名字幾乎一樣，景就是敬，敬就是景，我們是彼此的影子。」

敬學音樂大學畢業留學至美國，嫁給美國人就一直留在美國，教小小孩拉小提琴，因爲會燒菜，家裡老是高朋滿座。景在台灣當記者，單身貴族當久了自然成了不婚族，景像爸爸，高而精瘦，有張寬圓臉，愛吃愛動遍吃美食的結果是整個人像枝冰棍，渾身沒有一塊贅肉，一張吃四方的大嘴配上大眼睛，看起來像漫畫人物；敬像媽媽嬌小甜美，明眸皓齒，鵝蛋臉，頰上一對酒渦，永遠像個小女孩，孩子都讀高中了，一家人出去，老被人認作美國老公的女兒。西方人不經老，喬治早已是全禿，身材發福，敬還是滿頭烏髮披肩，嬌小的身材穿上迷你裙，說二十幾還有人相信。

姊妹沒有因此疏遠，長途電話一講一兩個鐘頭，景旅行時常在美國停留一下，看敬埋在廚房裡做菜，說：

「到外面吃吧！我請客！」

「外面的菜哪有我做的好吃。」

「看你忙成這樣，我也吃不下，你就不能坐下來陪我聊聊嗎？」

「我哪裡有你的命，到處玩到處吃，還不用做菜。」

「應該把你捉到沒有廚房的地方，你才會專心跟我說話，我們約在哪一國見吧，過個不用做菜的年。」

「好啊！約哪一國好？不要太遠，我怕坐飛機。」

「英國？墨西哥？」

「英國好，我喜歡戴安娜！」

「你很聳ㄋㄟ！」

景的飛機先到，說好在機場希爾頓飯店大廳相見，聖誕剛過，飯店到處是藍色聖誕樹，十幾棵垂吊在玻璃帷幕上如水中漂浮植物，森藍的透明建築像是大水族箱，人們像魚般游動，窗外是倫敦煤灰的天空，景遠遠看到一個女人穿米色大衣戴米色大禮帽走近，喜吟吟迎上前去：

「看那頂大帽子，就知道是你，就是愛作怪！」

「咦！來英國不就要戴帽子嗎，不裝一下淑女怎行，怎樣，像不像戴安娜？還笑我，看你一身上下都是LV！」

「仿的仿的！」

「才怪！」

會面後趕往倫敦市區，人潮之洶湧比西門町還熱鬧，大都是旅客和有色人種，湧進這城市過新年，眞正的倫敦人反而往外地度假去了。景和敬一路走向蘇活區，劇院大都集中在這裡，買好《媽媽咪呀》戲票，便到附近酒吧喝點小酒，英國菜無甚可取，酒吧裡的點心倒是令人驚喜，炸魚炸薯條香脆可口，一點也不油膩，印度咖哩更是道地，白長粳米夾著黑粳米，軟硬適中，尤其是那道巧克力熱布丁，在寒冬裡吃眞是美絕！景是美食家，還出過兩三本美食書，她邊吃邊點頭：

「不差！不差！都說英國食物又貴又難吃，這是我吃過最好的巧克力熱布丁，鬆、滑、嫩，濃，裡面還裹著奶油糖膠，好極了！」

「我看你不是美食家，是好吃鬼，什麼都好吃。還記得小時候我們在七月半從早吃到晚，一鍋麻油雞酒，總有兩三隻雞吧，還有腰花豬血糕，被我們兩個吃得鍋底朝天，祖母說拜什麼好兄弟，拜我們姊妹就好！」

「還不是祖母害的，她眞會做菜，把我們胃口養大舌頭養刁，現在每到年節想還念她那一道道菜，饞死了！我們那時吃得胖嘟嘟的，小胖子兩個。」

「你現在倒是吃不胖！」

「你才是！眞是毫無道理！這麼會吃還這麼瘦！」

姊妹小時候的記憶大都由吃構成，兩個是很好的吃伴，口胃相當，嗜好相同，相互鼓勵吃更多，更富於情趣，一談起吃沒完沒了；清明大啖春捲，中秋持螯賞月，端午粽七月粿，中秋餅冬至圓，除夕酒過年糕，更有那烏魚子台東釋迦，景說：

「還記得每年過年前，家裡買一堆未熟的釋迦，放在米缸裡悶熟，你常去掀蓋想偷吃，揀到釋迦『啞吧』，硬邦邦悶不熟。」

「你才誇張，過年一個人吃掉一簍年柑，吃到手心出黃油！」

「媽常說我們這麼會吃，男人看了就嚇跑！嫁不掉哩！」

「也好，我有食欲就沒性欲，只有在談戀愛時才會失去食欲，現在我把欲望都給了食物，怪不得對男人沒興趣！」

「喬治也這麼說，說我對吃比對做愛有興趣。他不愛吃，我常一個人吃一桌菜，沒人陪吃好寂寞。這輩子只有在十八歲暗戀時吃不下，要不然從沒誤過一餐，我是早餐吃得好，午餐吃得飽，晚餐吃得又好又飽，哈哈！」

兩人走出酒吧，外面下著小雨又颳寒風，倫敦的風雨凌厲如刀割，怪不得英國小說裡的千金小姐一出來吹個風就得肺炎，奇怪的是少有人撐傘戴帽，景說：

「我說吧，全倫敦只有你戴帽子，又是大禮帽！」

「你儘管笑，我是替倫敦人維持傳統。」

離戲上演時間還有幾小時，按照計畫走進麗池喝下午茶，穿長西裝禮服的帶位經理很紳士地說：

「Madam，好優雅的帽子！」敬對景睞眼睛。

「你看吧！總會有人欣賞我的帽子！」

「是是！」

「看來我們兩個穿得最正式，天哪，這三明治好好吃！」

「還好嘛！七十英磅的三明治能不好吃嗎？嗯，茶不錯！你跟喬治還好吧？一個人出來玩他會不會不高興？」

「唉呀！來之前還吵一架，我好吃，他好色，到處偷吃，能怎麼樣，現在就看誰先說那個字，先說的先輸！想起來人生眞沒意思，美好的精采的就這樣過完了。還是你好，自由自在！」

「是啊！等你生病沒人管時就知道好不好。」

「現在我病死他最高興，唉，我要能寫書，也不會結婚。」

兩人喝茶到五點半，漫步街頭準備看七點的戲，走進劇院，這是大年夜，人們的情緒高亢，高聲說話大聲笑，二〇〇四年最後一天，景與敬並肩坐在劇院中，感覺如在夢中。觀眾席爆滿，大多是四五十歲的中年人，集中在這裡找回他們的青春年代，《媽媽咪呀！》由 ABBA 合唱團七〇年代的老歌組成，演的是中年人的懷舊愛情故事。在女兒的婚禮上，未婚媽媽與爸爸重逢，結果女兒的婚禮變成爸媽的婚禮，故事雖通俗，歌詞很巧妙地銜接劇情點出人物的心聲，每當歌曲響起時，觀眾無不跟著唱歌搖擺身體。

「Oh, Dancing Queen...」景忘我地跟著唱。

「你還記得彥嗎？」敬突然問。

「你說什麼？我聽不見！Dancing Queen... You made me...」

「彥啊！就是你十九歲時，讓你瘦十公斤的男孩！」

「哦！小我兩歲的那個！提他幹嘛？」

「那時我暗戀著他。在你們認識之前，他跟我同一個小提琴老師，常穿著藍色襯衫，長得好乾淨，袖口挽到手肘上，拉琴時迷死人，我常偷偷躲著看他，他是唯一讓我失去食欲的男孩！」

「怪不得你那時突然變得那麼瘦，看來我們不但食物胃口相同，喜歡的對象也相同。該死！那男孩一共讓我們姐妹損失二十公斤，從此胖不起來。你那時爲什麼不跟我說？」

「跟你說你會讓我？」

「也許。」

「你們爲什麼會分開？」

「不知道，無知吧，幼稚，莫名其妙就分手，太年輕了。」

「那算是你的初戀吧！不是很相愛嗎？」

「就是很相愛又不懂得愛才糟糕！」

「你們分手後幾年他來找過我，剛開始一直談你，他應該忘不了吧。」

「初戀嘛！不容易忘！這輩子最完整的愛。」

「我一直沒跟你說，後來他約我出去。」

「哦？後來呢？」

「我拒絕了。」

「爲什麼?你不是很喜歡他嗎?」

「你忘了,我也是美食家,不吃人家吃剩的……」

「不要說了,你毀了我的初戀……」

這時節目進入尾聲,台上的演員複製七〇年代ABBA的演唱會場面,觀眾站起來搖手吶喊,跟眞實的演唱會沒兩樣。景與敬盡情嘶喊,兩個都流下不知何謂的眼淚,屬於她們的七〇年代,跟舞台上一樣瘋狂!

走出劇院,離二〇〇五年只有一個多小時,街道上擠滿人群,尤其是牛津廣場,大家等著倒數一百迎接新的一年。景與敬繞著噴水池散步,風很大,景的臉一大半埋在圍巾裡,敬不時扯住大禮帽,以防被風吹走,景說:

「爲新的一年許個願吧!以前我許的願都成眞哦。」

「你許過什麼願?」

「二十歲談一場轟轟烈烈的戀愛,三十歲出第一本美食書,四十歲環遊世界,我全做到了,五十歲有什麼好期待的,我還想不出來。」

「沒許過結婚的願望?」

「沒有，也許現在該許一個。一個人孤獨老去有點可怕！」

「你還有我！」敬說。

景看帽子下敬的臉，埋在冬夜的陰影中，像北極冰海那般幽深，只有下巴有一小塊明亮，海中浮游的一尾小銀魚。

「是！我還有你。」景空惘地說。

「7，6，5，4，3，2，1，……」進入倒數計時，廣場上的人瘋狂吶喊。

「Happy New Year!」景對敬說。

「Happy New Year!」敬對景說。

# 時尚

多年後許蘋仍然想不通，那是一場豔遇或是一場災難？

「姊姊，我眞的沒錢了，算我一千五好不好？」

「這時候叫姊姊太遲了，一千七最底價。不能再低了。」

「好吧！」終於成交了，這時許蘋很有成就感，覺得自己是精明能幹的生意人。

許蘋打開店門通常是中午十二點，「清秀佳人」外面已有兩個大學生在等待。這幾天進新貨，許多熟客都急著看貨，有時試穿一兩個鐘頭，一買就是好幾千，不知道現在學生爲什麼這麼有錢。許蘋學生時代幾乎沒什麼零用錢，課餘去學裁縫，因爲是自己舅媽開的店，不但不用繳錢，年節時幫忙趕作衣服，還會有紅包。她把所有的錢存起來就夢想著有一天能開一家服裝店，省吃省玩只捨得買時尚雜誌，日文的 *ELLE*、*VOGUE*、*NO-NNO*，每個月光買時尚雜誌就要一兩千，從五專時代到三十幾歲，加起來總有好幾百本，一本都不缺，全堆在床底下，她的書櫃小得可憐，只擺得下幾本教科書。最快樂的時光是買到最新的時尚雜誌，買一杯咖啡看一下午。流行變來變去，總是抄東抄西，但當季的服裝就是看起來時髦美麗，其中的明亮世界眞可讓人忘掉黯淡的現實。流行看起來不値一毛錢，衣服一旦過季就像垃圾，但對許蘋來說卻是生命史。她走過七〇年代能源危機，那時流行乞丐裝，衣服像狗啃的一樣，東破一個洞西破一個洞，滑稽又諷刺；又走過八〇年代棒球風，中性風，女性流行穿加上厚墊肩的西裝套裝，每個人看來像橄欖球隊隊員；到了九〇年代是復古風，奧黛麗．赫本、賈桂琳的優雅，加上鄰家女孩的甜美風格，公主袖蓬蓬裙加上一件式合身無袖洋裝，還有亮片珠珠，令人想唱歌跳舞。進入二十一世紀初，混搭的嘻哈風、休閒風，垮褲、工作褲、棒球帽，許蘋都沒缺席。像有一年流行阿哥哥裝，花襯衫加喇叭褲麵包鞋，塗濃黑的眼線裝假睫毛，像洋娃娃的大眼睛，爲此特別去美容中心割雙眼皮連減肥。她原本是六十五公斤的大胖子，小小的單眼皮眼睛，塌鼻子，顴骨一大片雀斑。就是醜過的人更懂得愛美，她的自我改造計畫長達十五年，首先是減肥，什麼藍藻、甲殼素、魚油都試過，又是斷食法，肉食法，好不容易減到五十二，腰剩二十四，她還不滿足，就是要瘦到像模特兒一樣。再來是割雙眼皮，墊鼻子，磨皮去斑，搞到三十幾歲，還在維修狀態，也不願交男朋友，嫌自己還不夠美，書當然也沒念好。眼看自己越來越老，趕快跟朋友合夥，在大學商圈附近，開了一家小小的服裝店，店面只有三坪，卻什麼都賣，從髮夾到包包，鞋子到太陽眼鏡。學區的消費額不高，一千元以下的衣服飾品最受歡迎，每個星期她搭巴士到台北，到五分埔進貨。她眼明手快，淨挑那最時髦的款式，款式最重要，布料就顧不著了。人家說：「內行的看布底，外行的看形體。」她不是不會看質料，但她的客人都是小女生，只會看形體。挑完衣服，像聖誕老公公，馱著一大袋到香港理髮師傅那裡剪頭髮，要價兩千多，但值得。她的頭髮挑染成紅中帶金，上身穿著細肩帶緊身滾蕾絲邊小可愛，下身是一件露肚臍的垮褲，上面到處是破洞，肩膀肚子有小刺青，耳環長到肩上，斜背仿LV王菲包，走在大學城路上，頗有一些男女生注目。

近來小女生都很敢穿，細肩帶低胸緊身衣，越能表現身材的越敢穿，她挑的衣服都是仿名牌，包包也是，而且是小S大S等當紅明星穿過的款式。現在什麼都要名牌，有誰穿得起，對於荷包不豐的學生，仿名牌是最佳的選擇，什麼三宅一生皺褶衣，**BURBERRY**的格子衣，**CHANNEL**的Tweed布料洋裝外套，仿LV仿**PRADA**仿**GUCCI**，無論衣服或包包，都在千元上下，怪不得她一進貨，東西搶光光。

好不容易忙到下午三四點，學生都去上課，她才能歇口氣，這時羅光遠送午餐來了，低熱量的涼麵加一杯不放糖的珍珠奶茶。光遠還是大五的學生，足足小她八歲，兩個人在一起一年多，始終沒公開。在一起之前，光遠常陪以前的女朋友彥芬來買衣服，一試穿就是兩三個鐘頭，光遠像隻哈巴狗在旁伺候，大氣都不吭一聲，只有彥芬付錢時他會假意出去一下，許蘋瞧不起這樣的男人，沒錢敢把這麼漂亮又有錢的美眉，又像橡皮糖一樣黏。果然不久彥芬交了新男朋友，光遠三天兩頭來哭訴，許蘋沒交過男朋友，不知防備，三兩下就被纏上了，光遠還為了她延畢。雙方家裡都反對，光遠家嫌許蘋太老；許蘋家嫌光遠家太窮。許家也不是有錢人，可他們知道許蘋喜歡奢華的生活，好不容易會賺錢，說什麼也不肯輕易放手。兩個人同居一年多，不敢讓家裡知道。

光遠倒是很勤快，每個禮拜跟許蘋到台北批貨，他當挑夫，她只管付錢。批完貨光遠當聖誕老公公，背著大包裹在車站等她，她還依依不捨地在東區逛一圈。台北的女孩越來越會打扮，身材越來越好，許蘋被襯得寒傖，但這會激勵她追求完美。她最初的夢想是在台北開店，當明星的造型師化妝師，從小她的偶像就是電影電視明星，看報只看《大成報》、《民生報》，現在是《蘋果日報》，還作剪貼，是看到明星會尖叫狂追那種人。她也請人介紹過類似的工作，無奈對方是小明星，連她自己都沒聽過，做沒兩天，小明星沒通告接，把她也辭退了，她的明星夢也碎了。她存的錢連在台北生活都有困難，何況是開店。台北對她來講是個時尚與明星之都，還是美容整型之都，她的雙眼皮、高鼻子、雷射去斑都在這裡做的。後火車站破舊的大樓內，醫生長得很猥瑣，圓圓胖胖像個老太婆，但聽說技術不錯，許多明星都在這裡做。第一次做冷凍手術去斑，零下一百度的冰刀點在臉上，整個臉痛得快碎裂，點完所有的斑，她早已淚流滿面，發誓永遠不要再來。醫生說傷口不能濕，她急收眼淚，回家躲七天，等傷口結痂掉落。剛掉痂時，臉皮嬌嫩如嬰兒皮膚，半年後又恢復原狀。接著是雷射去斑剛引進，她搶先去做，早忘了疼痛與發誓，一旦踏入整型之門，只准前進，永無退路。她的下個整容計畫是墊下巴，磨骨縮小臉型，以去大餅臉之恥。有一次不小心透露整容計畫，光遠像發了瘋一般大叫：

「如果你去整容，我們就分手！」

「分就分，這麼凶！」許蘋心想還好沒暴露以前漫長的整型歷史，要不然不知要分幾次。眞是不知感恩，他以爲他現在享受的美色是天上掉下來的嗎？她的所有積蓄都堆在這張臉上，拚半生才擁有所謂的美麗。男人更重視外貌，有誰會看上醜妹恐龍妹。許蘋女人七十二變，羅光遠卻是一成不變的人。他只穿BVD內衣褲，一條牛仔褲穿到破還在穿，每天去的不是學校就是家裡。他可以待在家裡三天三夜不出門，吃也就是泡麵或自助餐，他黏人黏那麼緊，說來說去就是缺乏安全感，怕改變。許蘋認爲他不夠好，但也很難有男人讓她動心，她的熱情都給了時尚和美麗，高潮則給了購物，在床上她是個其冷無比的人。她是遇到光遠才交出處女之身，都三十幾了，床上沾血，她怕光遠取笑，推說是經血。

這幾天來了個貴婦，按說是不會進她這種店的，只是路過看她的店裡有性感內衣褲，進來看看。兩個人年紀相當，聊得很投契。貴婦叫錦秀，出身平平，長得也是整型美，十八歲嫁給做沙拉油的小開，麻雀變鳳凰，那牌沙拉油還在電視上作廣告，婆家在這附近蓋了一棟大別墅，出入都是雙B的車子。錦秀兩個孩子都讀國中了，看起來還是很時髦年輕，染一頭紅頭髮獅子鬈長髮，方圓臉，五官分開看接近一百分，組合起來卻有點鬆散，有股慵懶之美，身上卻是緊張萬分絕無冷場。身穿的套裝是Blumarine，粉嫩的玫瑰花圖案擠得一點空隙也沒，領上滾一圈粉紅狐狸毛，更顯得刺激。手上提著粉色LV貝殼包，頸上一條TIFFANY最新款式心型鑽石項鍊，手上戴一隻蕭邦粉鑽手錶，腳上穿CHANNEL粉色拖鞋。乖乖，這一身打扮超過一百萬，而且件件是許蘋心目中的夢幻逸品，對於許蘋來說等於神話。她對美女總有幾分崇拜，如果美女又懂得時尚，那簡直要讓她傾倒，當晚在枕畔跟光遠說了一夜，越說越興奮，光遠冷冷的說：

「叫她給你介紹一個有錢的老公！」

「ㄝ！我在跟你說時尚，你懂不懂！」

「時尚是有錢人的春藥，你跟著起舞幹嘛？」

「看你一副台客樣！《欲望城市》中的凱莉把她所有的錢拿去買鞋的心情，你是不會懂的！」

「我討厭那部連續劇，讓每個女人找到拜金的理由，某位假名媛不是以那個人自居嗎？」

「不跟你說了，我要睡美容覺了！」

錦秀三天兩頭來店裡，又提吃的來，許蘋店裡的東西沒有一樣配得上她，想不通她爲什麼常來。有一次錦秀從她那昂貴的LV村上隆眼睛包中拿出一張服裝秀的請帖，是LV慶祝成立一百五十年在香港辦的發表會，錦秀邀她一起去參加，這樣奢華刺激的旅行，許蘋作夢都沒想過。這機票加酒店，又要準備行頭，許蘋爲難地說：

「我沒有衣服穿。」

「穿我的，我好多新衣服都沒穿。」

「不好吧！」穿別人的衣服，尤其跟自己的味道不合，這有點傷害許蘋的自尊。

「那就隨便穿，反正是去看熱鬧的，聽說很多大明星要來哦！」

「眞的？有誰？啊，啊！都是我的偶像，我最受不了這個，去去去！」

爲了準備行頭，許蘋傷透了腦筋，翻遍店裡衣櫃也找不到適合的衣服。爲怕顯老，她的裝扮風格介於學生與嬉皮之間，買的都是少女裝，但她會搭配又會改衣服，穿起來很有型，對自己的品味也充滿自信，只是服飾大多是一兩千元廉價品，現在要去貴婦名媛盛裝出席的宴會，她從來沒有一刻覺得自己如此寒傖。再到台北進貨時，她特地到東區朋友小今開的二手店，那裡擠滿愛漂亮又缺錢的美眉，對著一件又一件可望不可即的名牌驚歎，什麼牌都有，就是缺少一份光鮮，就連店裡的燈光也特別暗淡，就怕顧客看出破綻。對外一致號稱是某某明星某某名媛只穿用一次的名牌，其實都是喜新厭舊付不出卡帳的敗家女的輝煌戰績。也有新品，大都用保鮮膜包著。還好二手店的客人是很容易滿足的，用一萬塊上下買到一個破破爛爛的名牌，還以爲撿到寶。許蘋挑了一下午，看中一件YSL橄欖綠絲質小禮服，肩膀與腰部各挖一個洞，又是近年來流行的皺褶五〇年代復古風，**Tom Ford** 的設計將女人的曲線表現得無比性感，辨識度又高，原價八萬，二手價還要兩萬。店主小今先是在網上拍賣二手名牌，這幾年網拍大熱，月收十幾萬，一年下來成了百萬富婆，又有知名度，乾脆在東區開二手店，許蘋偶爾來逛，她看得上眼的二手也很貴，小今就說：「像你這樣又要大品牌，又要新，又要便宜，天底下哪有那麼好的事？」許蘋以生意人的手段先挑三揀四：

「你看這件禮服後面有鉤紗，**mark** 都褪色了，一眼看起來就是二手，一萬可以吧？」

「你要不鉤紗，不褪色，到專櫃去挑，所謂二手，就是舊的！」

「那一萬二行不行，我身上也只帶這些錢！」

「不夠，我跟你去提錢，一萬五，不要再說了！」

「奇怪？你們二手店姿態比精品店還高ㄋㄟ！」

「對不起，你不要，有很多人在後面等。沒辦法現在二手比新品搶手，你想想原價八萬的東西！YSL手工縫製呢！偷偷告訴你這是田麗穿過的。」

許蘋咬咬牙以一萬五成交，這是她有生以來買過最貴的一件衣服，爲的是搭配她祖母留下來的橄欖綠絨布古董包，還有一雙辣紅色的復古尖頭高跟鞋，NINE WEST的高檔貨，價值4980，是她最貴的一雙鞋。她沒有什麼首飾，在批發商那裡挑了一組水鑽首飾，頸鍊加耳環加手鍊只要一千元。現在只剩手錶了，她的SWATCH手錶太稚氣，整天對著手腕唉聲嘆氣，一晚睡前光遠交給她一個Cartier錶盒，許蘋打開看是坦克鑲鑽手錶，驚喜尖叫：

「哪裡來的？是眞品嗎？我窮歸窮絕不戴贋品！」

「同學家開鐘錶交流中心，借來給你戴，要歸還的。」

「嘩！這樣一隻錶要多少錢哪？」

「聽說原價四十幾萬，他家二手也要賣十七、八萬。」

「看不出你還知道我喜歡 Cartier！謝謝你沒有借勞力士給我，我可受不了那俗！」

「你拜金又要不俗，還眞難！」

「你懂什麼！這叫品味！」

許蘋把玩那隻錶，方正的造型越看越耐看，就是錶釦有點鬆，好不容易扣上不久就彈開，愛美只有將就。行頭都到齊了，許蘋天天巴望著這趟奢華之旅，聽說是住半島酒店，一個晚上就要一萬多，錦秀說房錢算她的，許蘋只付自己的機票錢，在鏡前試穿演練過無數回，興奮得天天睡不著。到了香港，半島酒店的豪華令人頭暈目眩，殖民地建築說不出的豔麗奇異，像愛麗思夢遊仙境。錦秀帶了五六套禮服，有香奈兒、GUCCI、也有最新的ＬＶ包包三四個，都是限量品，鞋子是近年來紅翻天的 Manolo Blahnik，每一雙都鑲滿珠寶。這麼多行頭，錦秀還一直大喊：

「怎麼辦，穿這件會不會撞衫？可是去ＬＶ派對不穿ＬＶ怎行？」

「有這麼說嗎？」

「你不知道？像這種派對，就是要現你買了多少他們家的東西，可是全身ＬＶ俗死了！」

「我根本沒有LV！我不敢去了。」

「你準備了什麼？我看看，YSL禮服，還可以，就是款式舊了點，應該是前年的。你還有坦克手錶，包包鞋子太舊，唉呀！沒關係，進去再買新的。」

進去買？許蘋差點哭出來，她只帶三千塊港幣，再說這一趟前後也花了三萬多，她一個月的生活費置裝費也就這麼多。眼看服裝秀時間就快到了，兩個人趕快打扮起來。許蘋無心無緒地整裝，光遠說的沒錯，時尚是給有錢人玩的，她不過是撿流行碎片的人。縱然如此，當她打扮整齊，也被鏡中鮮麗的妝容吸引，她從來沒這麼漂亮過，尤其在這個萬國商場，繁富之都，她一身亮綠豔紅，就像漫畫中的仙境妖姬，她不覺得自己比錦秀差，錦秀雖然極其富貴，卻沒有她對美的癡狂，對，鏡中的麗人是美的狂人，錦秀怎麼美得過她？

秀場就搭在九龍海洋世界港邊，巨大的長方形布蓬高高撐起，晚間光影將它變成一只LV大箱子，進門後驚歎聲四起，金城武、林志玲、章子怡、楊紫瓊都穿著LV亮相，貴婦們更是穿金戴玉。今年LV狂打埃及風，金色旋風讓名媛貴婦個個成爲埃及豔后，沙金色、孔雀藍及茄紫色交織成尼羅河風暴。幾乎人手一個鑲金邊的 Theda 包，一個巴掌大的包要價十幾二十萬。穿著黑禮服的服務生手端銀盤，上面裝著香檳酒和魚子醬小點心。許蘋一身過時的YSL立即被眼尖的香港人看出來，那份驚訝與鄙夷，許蘋只覺得刺激，反正她只是來看熱鬧的，也許這是她畢生唯一會參加的服裝秀，過了今晚，公主變回灰姑娘。她用她想得出來的優雅姿勢喝香檳，這時她好像看見王菲，她差點驚叫，她是許蘋最崇拜的偶像，衣服穿得有格調，歌唱得也有格調。她的眼光隨著王菲移動，一直到錦秀帶著一高一矮兩位男士過來。高的穿黑西裝，長得有點像杜德偉，矮的穿白西裝，長得像洪金寶，錦秀親密地拉著穿白西裝的中年男子向許蘋介紹：

「許蘋，這是艾倫張，這位帥哥是麥可陳，都是大老闆！」

「許小姐，常來香港嗎？」像杜德偉的麥可說。

「第一次來，有點不習慣！」

「香港小，沒地方去，大家就是吃喝玩樂囉！」

「差不多，台灣也是！」

「你們聊，我們還要過去那邊找朋友！」錦秀說著跟艾倫嘻嘻哈哈地走了。

「許小姐，秀快開始了，我們找地方坐吧！」那位麥可說。

這時賓客紛紛入座，麥可領著許蘋找了一個不錯的位置，音樂響起，模特兒一個又一個走出伸展台，都是時尚雜誌的外國名模，苗條、摩登、亮麗。許蘋一個也叫不出名字只覺得面孔熟悉，麥可卻湊進耳邊一個一個用英文向她介紹，一股男性淡香水味刺激許蘋的感官，香檳酒加音樂、燈光、時尚，她覺得自己快要昏倒。這麼多的刺激一起襲來，她全身軟綿綿，以只有自己聽得到的聲音發出呻吟，麥可彷彿聽見似地，伸手握住她的手，她想縮回，卻在他的大手裡轉了好久才停止不動。她那戴了坦克手錶的手好像不是她的，變得大膽且好奇，依然含在他的手中，光看著就很刺激。僅是這樣已夠銷魂，加上模特兒身上的新裝的炫示，甜美加上冷豔，彷佛鄰家女孩向你挑情，走著風騷的貓步（catwalk），化著濃濃的煙燻妝對你拋媚眼，許蘋像坐雲霄飛車一樣想尖叫，爲了嚥下這尖叫，她的身體不斷顫抖。好不容易秀走完，音樂停止，許蘋才回過神來，把手收回來。

這時才眞正進入宴會的高潮，所有的秀服和包包集中在大廳上，接受訂購。所有的名媛淑女放下高雅的風度，以最快的速度進行搶購，尤其是限量商品及搶手款。但見售貨員拿著預購單在場中跑來跑去，許多女人緊抓住自己想要標的，唯恐被別人搶走，人人的眼中交織著亢奮與貪婪。許蘋看見錦秀手中已抓了兩件衣服三個包包，並對她頻頻招手：

「快來看！這些都是搶手款，你看中什麼？趕快挑幾件！」許蘋對錦秀搖頭苦笑。

「沒有一樣我買得起！」

「挑一個，自然有人付錢！」

「你別開玩笑了，都是二位數，你送我？」錦秀的眼珠子繞一圈往麥可那裡拋，許蘋愣了一會意會過來，整張臉都漲紅，但眼前是誘人的金鎖提把Theda包，金色的織錦上有金色的LV logo，跟章子怡手上拿的一模一樣，也是她最中意的一款，全球限量兩百個，許蘋看著包包發癡。

「快挑一個，你別傻了！」

「那個包現在還有嗎？」許蘋與錦秀交換一個奇異的眼色，如電光石火般把她們變成某種同盟。

「你眞有眼光，這交給我，我幫你找一個。」

不久，錦秀果眞找了一個來，塞在許蘋懷裡。那包包像個磁鐵，一旦沾手就黏在手上，許蘋把Theda包抓在手上，覺得那一個一個小金鎖冰涼如冰塊，這金子堆成的包埋葬多少女人的靈魂。

秀終於結束了，全程只有一個半小時，對於許蘋來說，像一輩子那麼長。錦秀跑過來說：「我晚點回來，你 happy 去吧！」說完跟艾倫親親熱熱地走了。錦秀敏感地覺得她今晚不會回來了，一個人慢慢走回家，提著那只華麗的金包，錦衣夜行，走在香港路上好像沒什麼奇怪，只換來一些冷淡的眼光。在這個名牌充斥的城市，人們早已對名牌麻木，並築起一座保護自己的圍牆。許蘋不知防護，連被攻陷也不自知，她甚至有美夢成真的快樂和空虛，她的生命會因此改變嗎？她覺得經過這一晚的衝擊，她已變成另外一種人，走不回去了。她回到旅館卸妝沐浴，全身擦得香噴噴，剛穿上睡衣，有人敲門，好像約好似地，麥可含笑站在門口，他領帶微鬆，頭髮稍亂，看起來比剛才更帥，一進門就熱吻，狂亂地互抓，好像要把彼此的靈魂抓出來。這樣的狂雲亂雨只有在電影中才見過，許蘋的情欲全被抓出來，她從來不知道自己可以那麼熱情。這才是宴會眞正的高潮，許蘋想到錦秀，還有宴會上一個又一個豔裝的女人，時尙眞是最好的春藥？在黑暗中許蘋看著麥可閃閃發亮的黑眼珠，幾乎要愛上他，她摸摸他的頭髮臉頰說：「你是眞的，這一切都是眞的嗎？」

麥可不知是什麼時候走的，天還未亮，許蘋在床上只摸到那個金鎖包，她撫摸那一個又一個冰涼的金鎖，說不出的悵惘讓她緊緊抱著它。當摸到光溜溜的手臂，錶不見了，她整個人跳起來，會不會做愛時掉的？床上床下皆找遍，沒有！進行地毯式搜索，依然沒有，難道掉在會場？許蘋急忙穿衣，走出飯店，天濛濛亮，走回昨夜的會場，只見一片空地，連帳蓬都拆了。許蘋哭了起來，海市蜃樓也比這眞實，空地也是要找，來來回回找了好幾回，街上人漸多，看她一臉慘白，衣衫不整，對她投以奇怪的眼光。許蘋只有垂頭喪氣地回飯店，發了好久的呆，然後沉沉睡去。

好不容易等到近中午，錦秀笑容滿面地回來，許蘋紅著眼對她說：

「我的錶掉了！我找了一早上，都沒找到！」

「哎呀！那種錶掉了就找不回來了！」

「要報警嗎？」許蘋說不出錶是借來的。

「我們是旅客，人又不在這裡，報警也沒用，算了！舊的不去，新的不來！我們該出發了！趕緊打包。」

許蘋心情惡劣地打包，飛機是下午三點，在飛機上兩個人都不談昨夜的事，回到台灣兩人匆匆分手，許蘋連麥可的眞名都不知道。

回到家跟光遠說丟了錶，他氣急敗壞地亂罵一通：

「交什麼闊氣朋友？裝什麼闊？現在怎麼辦？十七八萬乜，你要我去搶銀行？」

「我又沒有說要借錶，是你自己雞婆跑去借的！」

「說得好，都是我的錯！」

「我心情夠壞了，你閉嘴，讓我想想！」

許蘋想了一夜，想到那個金包，正拿出來把玩，被光遠看見：

「這是什麼？俗不拉嘰的！」

「你懂什麼！台客！」

「香港買的？能賣多少錢？」

「我說過我要賣嗎？去去去！我心煩得很！」

雖然越看越捨不得，還是得變賣，她戶頭裡只有十萬。拿到台北二手店找小今，又是另一副嘴臉：

「這款啊！前一陣子有人拿來，又拿回去了，貴得離譜，又比不上村上隆有魅力，我看是很難！」

「可是台灣還未到貨，聽說排也排不到！」

「一定排得到，你看每個都差不多，這樣吧！我試試看，價格不要標太高。」

「這個定價二十一，我只要十七，多的讓你賺！」

寄賣之後，天天打電話去問，因價高不是那麼容易脫手，小今說：

「看你那麼急，這樣吧！十萬賣斷，算我幫你！」

「十萬，那不到半價，限量包卅，網上賣到二十五萬！」許蘋知道限量包可飆到兩倍價，可是急於求現只有任人宰割。

「二手店的客人哪買得起這個包？我自己吃下來，這樣吧！十二萬，不要我也沒辦法了！」

許蘋掙扎好久只有同意，光遠朋友那邊一直催，金包只賣十二萬，她又從存款中提了五萬，交給光遠，她絕不會說錢怎麼來，也不會告訴他那只擁有兩天的金包是怎麼來的。還好還有那金包，否則就要負債了，麥可慷慨的餽贈救了她。她想念那個金包，更想念麥可，對什麼事都提不起勁來，成天嫌棄光遠，光看到他就討厭，更不用說讓他碰。她滿腦子裝的都是麥可，他的帥氣，他的溫存，他的闊氣。原來她喜歡的是這樣的男人，不知還能不能見到他？奇怪的是錦秀從此失去蹤影，打手機也不接。越是這樣，許蘋越要找到她不可，到她家的別墅找她，傭人都說不在。許蘋覺得自己快瘋了，天天守在她家門口，終於等到錦秀，前後帶著三個小孩，聽說是大家族，公婆小叔小姑都住一起，錦秀看到她淡淡地說：

「你這樣一直找我，到底有何貴幹？」

「錦秀，爲什麼躲著我？」

「沒有啊！最近家裡忙。哪有時間逛街。」

「難道你都忘了？你可以把一切忘得乾乾淨淨？」

「當然，一定要這樣不可，不過是玩，車子走了，再好的風景都要忘記！」

「爲什麼找上我？我不是玩的人！」

「因爲上一個也是一樣，糾纏不清，一點都搞不清楚狀況！」

「你要玩，爲什麼要賠上我一個？」

「你有什麼損失？你還得到一個LV限量包，你一輩子都夢想不到。爲什麼找上你，因爲我知道你要什麼，你不陪我，我家裡管得嚴，一個人不能出國，根本我也沒有理由出去玩，算是我給你的報答。」

「這麼說，是一夜情，我再也見不到麥可。」

「你怎麼這麼傻，人家巴不得趕快忘掉，你還記得幹嘛！你如果不來找我，也許我還會去找你，你這樣一直找，連我都怕你了！」

「那你總該告訴我，麥可本名叫什麼？」

「我不知道，兩個都不知道！」

「錦秀，你擁有這麼多，你這樣到底在追求什麼？」

「我老公玩得比我凶，不跟你說了，我婆婆在叫我！」

許蘋失魂落魄地回到住處，光遠正在洗他們倆的內衣褲，爲怕用洗衣機洗會變形，他用手搓洗，許蘋的眼淚大顆地滾下來說：

「光遠，我把店關了好嗎？」

「好啊！隨便你！」

「你先去當兵，我去補習，等你回來，我們一起出國！」

「好啊！念什麼？」

「你念什麼都好，我念服裝設計！」

「還念那個？」

「是啊！我愛時尚，這是沒辦法的！」

「好啊！都隨你！」

「光遠！對不起！」

「幹嘛說這種話？錢都還了！」

「我……」許蘋有好多話想對光遠說，卻說不出口，只有哽咽。

錦秀再來的時候，「清秀佳人」已頂讓給別人，老闆換了一個五六十歲的歐巴桑，賣的都是韓國貨、大陸貨，跟菜市場一樣，長得像蟆母一般的老闆正低頭在打中國結，錦秀像見到鬼似的，急忙逃走。

# 疣

板橋第五公墓，一百六十八公分，短髮，微胖，綠色上衣灰色長褲。

王希兆在電腦上打出這筆無名屍資料，另外調出報紙上的尋人啓事及新聞報導，這是他持續追查的失蹤一年的建中學生蔡文原，仔細比對之下，特徵十分接近，便向組長報告，由檢察官和法醫到現場驗屍，果然是他。希兆打電話給蔡文原的父親，才講幾句，電話那頭傳來好幾個人哀嚎的聲音，這是他最害怕的時刻。總是這樣，尋不到人時抱持著希望死命追蹤，尋到時得到的是絕望的哭聲，但爲死者找到家，心裡覺得平安。死者的亡魂從未來託夢，同事傳說他有陰陽眼，其實沒有過任何靈異經驗。希兆踏入警界十幾年，從找尋失蹤人口到無名屍，千百個資料停留在他的腦海，不過是三兩個特徵，卻好像互相通電的正負電，一邊是失蹤人口，一邊是無名屍，互相呼喚，有時自己連了起來。希兆在警界有尋人高手的名號，剛入警界時，常騎著摩托車在大街小巷掃街巡邏，電線桿上的尋人啓事特別吸引他，「尋找老父，年約七十，身穿米色上衣，灰色長褲，拖鞋，善心人士，如有尋獲，請電……」「尋找心愛女兒，年六歲，身穿粉紅洋裝，頸部有塊十元銅幣大小胎記，母親心焦生病，善心人士如有尋獲，請電……」那時尚無電腦，尋人很困難，希兆看多了，便特別注意報紙上的無名屍報導，剪下來收著。

他常去的麵攤旁就有根電線桿，一發現新的尋人啓事，如獲至寶，馬上抄下來。有一次早上在報上看到一具無名屍，臉上有顆很大的痣，是在碧潭投水自盡。中午吃飯時同事提到有人報案，拿著母親的照片請求協尋，希兆腦中的資料立即跳出來，問：「失蹤者臉上是不是有顆痣？」同事說：「你怎麼知道？」就這樣短短幾個小時找到一個。最高紀錄一天找到三個。

午飯時間到，希兆吃外送便當，下午有人報案來台日本女學生失蹤，希兆列出無名女屍資料，共有九具，編號從B1到B9，B是body的簡稱，一一比對。那女學生失蹤時，身穿綠色T恤，藍色牛仔褲，背黑色帆布背包，穿APE球鞋，身高約一五八公分，二十一歲，長髮，失蹤已三個月。希兆憑直覺判斷被姦殺棄屍，其中B8最為接近，「台中縣大肚山，身高約一六〇，長髮，智齒長一半，裸體無衣物。」調其他資料出來看琢磨半天，工作到八點，吃完早已冷掉的晚餐便當，關上電腦，直接趕到醫院。

妻子癌症末期住院已有好長一段時間，希兆幾乎天天睡在醫院，四人房十分擁擠，還好是靠窗，他就睡在牆邊折疊椅上。以前請過看護，病上兩年，積蓄用光，還跟銀行借一筆錢，他的薪水只夠付醫療費住院費與貸款利息，生活品質降到最低。希兆白天上班，晚上看護太太，弄得髮沒理鬚未剃，蓬首垢面。

妻子午兒見他來，虛弱地扯著嘴角笑一下，然後說：「時間好難熬，感到身體好黏，等一下幫我擦身體好嗎？好想喝熱熱的水果茶！」自從病後，午兒常想吃些稀奇古怪的東西，像鹽水花生、熱包穀、放有扁魚的豆腐、蒸芋頭等等。千方百計買來，又說吃不下，是不是靠著幻想各種吃食以忘記身體的痛苦，或僅是撒嬌而已。希兆說：「等一下就去買，你剛動完刀，醫生說要禁食呢！先幫你擦身體吧！」

希兆捧一臉盆熱水，先擦臉，再擦身體，午兒脖子長了許多類似痣的肉疣，紫黑色的小點點密布，看來極爲礙眼。作過多次化療的妻子，業已喪失女人的嬌媚氣息，瘦到剩三十幾公斤，剛長出來的頭髮稀稀疏疏，臉頰凹陷，連那對長而翹的媚眼也下垂變形成爲三角眼。剛滿四十的妻子，月經已是不來，身上插管吊尿袋，這次入院不知熬得過熬不過。想來她也夠堅強，醫生說活不過一年，她已撐了兩年，她還有什麼放不下的，女兒？丈夫？希兆這兩年白天上班，晚上到醫院看護，累到什麼時刻什麼地方都能睡，十年難治的失眠症倒好了一半，妻子回家時他反倒不能睡，已然乾枯與陌生的身體睡在身旁，並不時發出疼痛的呻吟。見他睡得不好，妻子說：

「到書房睡吧！你明天還要上班。」

「我沒關係！要不然睡地板。」昏暗的燈光中還是可以看見小肉疣像蟻群從脖子爬上臉龐，妻子已經很久沒照鏡子了吧，可能沒發現，難道只有他發現嗎？

妻子以前的美貌曾令他驕傲與不安，應該有許多男人垂涎或者竟有外遇，縱使眞有他也會吞忍，像他這樣相貌平庸、條件普通的男人娶到美女妻子，總有不眞實的感覺。她哪一天會跑掉，或者向他提出離婚要求，他一點不驚訝，沒想到她是用這種方式離開，這算是好還是不好，對希兆來說是最壞的方式。

彷彿霉運跟隨，他生下來專爲親人送死，五歲祖父過世，八歲祖母過世，十一歲送走父親，十三歲哥哥夭死，然後是外祖母、外祖父，三十歲母親含怨而逝，緊接著是快要結婚的女友元元死於車禍。他得了嚴重失眠，辦理喪事期間，午兒是元元的好友，在葬禮中手中還抱一隻洋娃娃，希兆幾度昏厥，午兒溫柔地照料他，不久就結婚了。後來才知道洋娃娃是未婚妻的，午兒接收了元元的娃娃，娃娃是他跟元元的聯繫，這是巧合還是天意？他原本討厭元元玩娃娃，認爲是幼稚的行爲，最後也習慣了，元元常對娃娃說些童言癡語：「娃兒該睡覺了，媽麻給你換睡衣哦！」「爸拔生氣了，娃娃要乖哦，不要吵爸拔。」現在元元死了，午兒抱著娃娃出現，她是元元的替身嗎？捨不得離他而去，所以用這種方式繼續陪著他？

一個經歷過多次親人死亡的人，他的人生都散亂了。希兆念警校時常代表學校參加書法比賽、跆拳道、柔道比賽，對政治也十分熱中，在那個新舊政權衝突的年代，他也算是熱血青年。交的女朋友一個比一個前進，有一個現在還當了市議員，一個到北京讀研究所，一個比他大七歲，都不漂亮，他對美女一向缺乏信心。年輕的希兆理平頭，穿牛仔褲，很敢衝，長得雖不帥，卻很有女人緣。但自從認識元元，兩個人都認定彼此，早籌畫好未來，畢業後先訂婚，準備工作一年存筆錢就結婚。誰知母親在他分發前即病倒，進出醫院三年終於死了。就在那時他熱中於尋找失蹤人口，因爲資料太少，還發信給全省社服機構，要他們提供資料，那些單位不是不理睬，就是認爲他另有意圖，還罵他瘋子。有時得到資料，主動聯絡報案家屬，一天打好幾通，上級還認爲他亂打長途電話，跟女朋友情話綿綿，好幾次被叫進去罵，後來他只有自掏腰包申請專線。

婚事就這樣拖下來，元元也不急，她很會過日子，學拼布和裁縫，養一屋子洋娃娃，什麼芭比、珍妮、莉卡……，還有叫不出名字的，約會時提個大袋子，裡面總會裝一隻娃，做愛時放在床頭，希兆漸漸也見怪不怪，還覺得豔極，彷佛玩三P。跟午兒結婚後家裡的娃更多了，床上堆一堆，客廳、書房排一排，還有一個櫃子專門裝娃娃，娃娃多到廁所也有，希兆也樂在女兒國中，娃娃有斷腿故障的都是他在維修。

母親死了，元元死了，他的壯志熱情全部完蛋，只求苟全性命於亂世，有個溫暖的家足矣。午兒不太會做家事，他做；午兒說玩娃的手不碰垃圾，他倒；午兒說生孩子太痛了，他說不要生；何況還有一堆小女兒。午兒笑了，他最愛看午兒笑，只要能令她笑的事他都想做，他覺得他的男性漸漸消失，如今他也是擁著一堆娃娃睡的男人。

也許玩娃久了，午兒跟娃娃一樣夢幻，喜穿有蕾絲花樣的公主裝，每天花很多時間給娃娃做衣服換衣服。跟玩娃的女人生活在一起，第一要完全包容，第二要隨時隨地讚美，第三要陪著逛娃娃店，且勇於掏錢。希兆讚美娃娃已成自動反應：「哇！女兒今天好漂亮！」「有誰比我們家女兒可愛呢！」「這件衣服非買下來不可，可愛極了！」他們都叫娃娃「女兒」，每個女兒還有名字，都是英文名「愛麗絲」、「珍妮佛」、「夏綠蒂」……，希兆為怕弄混，一律叫小寶，午兒叫大寶。

午兒比元元更迷娃娃，什麼樣的娃娃她都玩，還會給娃娃做衣服做造型。二〇〇〇年布麗斯娃娃風靡日本，午兒買了第一個之後，其他娃娃被打入冷宮，那個看來像鬼娃的布麗斯，頭大眼大身體小，額頭又大又寬，跟E.T.差不多，午兒愛之如寶，還給它拍了許多照片，又為它設一個網站叫「鍾愛小布」，不時上網跟網友交換意見，如何改娃，換眼珠，染頭髮，設計衣服，還到日本網站去標娃娃，抽籤購買娃娃，又不時辦娃聚，跟一群娃麻麻到淡水、清境農場出外景，最後來個娃娃大合照。希兆剛開始還陪午兒參加，娃麻麻的男朋友彼此稱娃把拔，希兆看那些男人也跟著瘋，渾身不自在，後來就不去了。漸漸的，小布的數量已達到二十八隻，午兒還不斷買，二〇〇二年，午兒計畫遠征日本去買限定版二週年小布，聽說一隻要上萬，且限定三百本，希兆覺得午兒瘋過頭，阻止她去。兩人大吵一架，午兒亂砸東西，變得不可理喻，也許那時病魔已悄悄侵入她的身體，性情完全變了一個人，原來那個甜蜜溫柔的小仙女現在又頑固又暴躁。二〇〇三年，午兒想買一隻古董小布，玩家稱爲極品的KB，午兒趴在電腦上，不時回頭說：

「你送這個當我的生日禮物吧！有了這一隻我死也甘心了！」

「還買！你已有一百多隻！每一隻看起來都差不多。」

「誰說的？每一隻都不一樣，他們之間的不同就像你我一樣，……」說著就流下眼淚。

「不過是一隻娃娃，犯不著這樣，買就買，多少錢？」

「兩萬。」

「瘋了吧，這麼貴，就是有你們這種瘋子，才把一隻娃炒到這麼貴……」

「算了！我不想要了！」

那之後不久，午兒因爲腹痛下體不正常流血送醫，檢查出來是卵巢癌第三期已蔓延到肝肺，醫生說這種癌在初期很難發現，最好趕快開刀。希兆嚇壞了，好不容易過了十幾年平靜的日子。十幾年的婚姻平靜美好，但總有看電影般輕飄飄的感覺，這是屬於他這種自暴自棄的男人嗎？不要說是路人甲乙，就算母夜叉要嫁他，他都願意。現在午兒也加入死神的行列，希兆懊悔爲什麼不讓她玩娃買娃，他到香港網站標到古董KB，是初版紅髮小布，在一九七二年出產，穿一件綠色有花的長袍，當他把KB交到午兒的手中，躺在病床上的午兒說：

「我都要死了，還要這些娃娃做什麼？」說著抱著KB仔細檢查頭髮衣服臉蛋，連衣服都扒光，把KB的身體拗前拗後。

「很完美，眞的很完美，跟我想的一樣好！」說著抱著KB別過身去。

希兆最近迷上園藝，尤其是蘭花，在陽台上架了濾光罩，養了幾盆加德麗亞蘭，還有台灣原生種野生蘭花。養蘭需要耐心，還需要澆灌一點愛心，每天對每盆花注視幾分鐘，然後才去上班，這是午兒病後唯一的娛樂。一盆蘭花會不會開花，要等兩三年，同樣細心照顧，有的偏不開花。台北的氣候不適合養蘭花，養一年多，沒有一株開花，去年夏天還熱死好幾株。都是因爲午兒住院疏於照顧，可他不死心，又去買好幾株。

除了花房，房子裡眞是髒亂得可以，到處是書報雜誌、髒衣服，娃娃更是東倒西歪，有的還掉到地上。沒人理的娃娃像一堆垃圾，希兆有時踢到踩到娃娃，一腳踢得好遠，眞想全部丟到垃圾袋，拿出去扔了，又怕午兒問起，就任它們像蟑螂一樣到處爬。

幫午兒擦身體時，醫院送來一張拖欠的帳單，五萬六，午兒說：

「把娃娃賣了，那個你送我的KB還有Miss A小布，你拿到西門町『一車娃娃』那裡去估價，就是有一次你陪我去買小飛小布那裡。」

「你是不是有點發燒，娃娃能賣錢，還是舊娃娃？」

「舊娃娃才值錢，你忘了，那個KB一年前就值兩萬，現在恐怕更貴了，這些値錢的小布，我都放在彩盒裡，像新的一樣，總能換點錢吧？」

「我不相信，你少說點話，看你很虛弱！」

洗好身體，午兒的眼睛還是直直地看他：

「賣娃娃，嗯？」然後疲倦地閉上眼睛。

日本女學生岩田惠的母親山口音子親自來台灣尋找女兒，山形縣的鄉下婦人，很瘦小，身高大約只有一百四十公分出頭，但很有禮貌，在局裡見到人就行九十度鞠躬。新聞刊得很大，局裡壓力很大，上級把尋人的任務交到希兆手中，透過同事翻譯，希兆問山口：

「女兒最後一次聯絡是什麼時候？」

「三個月前，也就是去年十月十三號，她打國際長途電話來，說玩得很高興，但那天不知爲什麼，我有不祥的預感，之後就失去聯絡。」

「有什麼較明顯的特徵？她的智齒是不是剛長出來？」

「是是！您怎麼知道，到台灣前還一直喊牙痛呢！」

「是了！我這裡有一具無名女屍資料，智齒只長一半。」說著希兆打開電腦，將資料列印下來。山口在一旁本已低聲啜泣，看到資料時高聲哭號。

「你先不要哭，還得進一步作確認，我們馬上去看看。」

希兆陪伴山口跟著法醫去認屍，這是他第一次陪家屬出去，這已超出他的工作範圍，他只負責找人，不負責認屍，但他覺得有必要陪山口，她那無助且憂鬱的臉孔，令他想到午兒。

「這不是我女兒！」山口只看一眼冷凍櫃的殘骸，別過臉去說。

「你怎麼那麼確定？」希兆問。

「我女兒戴過牙套，牙齒很整齊，你看她牙齒亂七八糟，還少了一顆牙齒。」山口鬆了一口氣，彷彿抓到一線生機。

「有沒帶你女兒的照片來？」

「有，很多！對了，她來台灣還抱一隻娃娃，就在裡面，她好愛那隻娃娃，到哪裡都帶著。」說著從包包裡掏出一堆相片。希兆快速瀏覽，看到失蹤的岩田惠抱著一隻娃娃，另外有些是娃娃的的特寫，看來有點熟悉。

「這是什麼娃娃？」

「好像是布樂斯，或普萊雷，我也不確定。」

希兆拿著娃娃的照片到醫院問午兒，她一見就說：

「就是小布啊！你還買過一隻給我，你忘記了？這是古董金髮KB，很貴的。」

「我只知道是KB，怎麼又叫布麗絲？」

「是紀念一九七二年最初的設計者 Kenner，只有第一代才叫KB。你決定賣娃娃了嗎？你要記得紅髮KB和 Miss A 都擺在櫃子裡，KB穿跟你照片上一樣的綠底花長袍，Miss A 穿白袍戴皇冠，很好找的。」

「金髮KB價值多少？一般人不會知道它的價值吧？」

「現在很多人玩，上網一大堆，金髮KB總要三、四萬吧！」

希兆回家在一堆娃娃中找出紅髮KB，還有 Miss A，到西門町「一車娃蛙」去問行情，老闆小剛才二十幾歲，染金髮戴耳環粗項鍊，身上花花綠綠披披掛掛，每次來這裡都覺得自己像老頭子。小剛看了希兆帶來的小布，裝腔作勢地說：

「原則上我們不收中古娃娃，而且你拿的這兩仙，有行無市，很難找到下手，不過你太太跟我買過十幾隻，就賣個交情，兩隻一起兩萬，再多沒辦法！你看我店裡那仙金髮KB，擺了快三個月，一直賣不出去，跟你說有行無市嘛！」

「金髮KB？我看看！多少錢？」

「三萬五，狀況很好，妝都沒掉，只有頭部開過腦，接合處有點膠痕，沒看過狀況這麼優的，你要算你整數。」希兆心想這麼黑，金髮三萬，紅髮難道賣不到三萬，記得午兒說紅髮還比金髮貴。

「這是我太太的寶貝，捨不得賤賣，我帶回去了！」小剛一臉錯愕，希兆像一陣風把娃娃收起來走人。

果然隔天小剛就打電話來，說有朋友在問，他不賺朋友的錢，朋友手頭不寬，願不願意便宜讓給他等等。希兆又好氣又好笑說：

「小弟，你大概以為我不懂行情吧？想朦我？我到日本網站看過了，紅髮KB行情三四萬，Miss A 行情五六萬，你多少錢要買？」

「那是日本行情，台灣賣不到那個價錢，小女生誰有能力買那麼貴的娃娃？這樣吧，兩隻四萬？我還得問我朋友，他也許沒那麼多錢，吃不下來，OK？」

「OK，你儘管問吧，我也考慮一下，對了！你那隻金髮KB，是三個月前買進的？」

「是啊！有什麼問題嗎？」

「你記得是誰賣給你的？」

「一男一女，年輕人。」

「有留下姓名電話嗎？」

「應該有，那麼久了，可能不在了！」

「拜託你找找，我明天過去找你。」

根據山口音子的描述，岩田惠透過網站，認識台灣玩娃的網友，來台爲參加港日台的布麗斯娃聚，大約有三十人先在台北會合，然後齊赴日月潭旅遊兼出外景。在台北兩天尚有聯絡，自從離開台北即失蹤。岩田惠有自己的網站「布麗斯之家」，希兆上網掌握三個月前聊天室的資料，她在網上曾張貼在台灣的娃聚活動，反應相當熱烈，可能還有其他日本娃迷參加，希兆抄下幾個留言者的化名，爲免打草驚蛇，先從日本那邊打聽。

隔天，希兆帶著娃娃到西門町找小剛，希兆先看那隻金髮KB，頭髮有一撮不見，臉上還有手指的抓痕，希兆說：

「看這隻小布，好像被虐待過，還賣三萬，我那兩隻在網上叫價近十萬呢！」

「怎樣？那你多少要賣？」

「電話找到了沒？」

「你到底是在辦案還是賣娃娃？」

「你給我電話，兩隻賣你六萬。」

「太狠了吧！魚與熊掌兼得。五萬五，再多不要了！你總要給我一些賺頭，我給你電話，以後你多罩我，這一行不好混。」

「好！一句話！」

沒想到玩娃娃還可賺錢兼辦案，希兆查午兒的網購紀錄，Miss A的進價才一萬，兩年之間漲到五萬，紅髮KB兩萬漲到四萬，有利可圖的地方必長毒瘤。希兆看小剛給他的手機號碼「0931567888陳小姐」，撥過去卻是男生接的：

「你找誰？」口氣不太好。

「我太太喜歡小布，聽說你有收藏，肯讓人嗎？」

「那是我女朋友，早不玩了。」

「那不好意思打擾了。」

希兆到電訊公司查使用人，曾有人在半年前以陳佳玲登記這個號碼，因爲是吉利號碼，還多交了幾千元，希兆回辦公事查陳佳玲的資料，網上出現十幾個陳佳玲，只有一個曾在布麗斯網上留言：

愛在蔓延小布剪短髮後有點醜，讓馬麻心碎，怎麼辦呢，嗚……？

日月潭娃聚，有誰要去？我準備帶把拔還有阿茲、阿金去，好想要一個KB，Q到不行，誰有讓給我吧！心癢癢，可是太貴了！……

希兆找陳佳玲的資料，台中人，三十一歲，台中護專畢業，待過北中南各大醫院，常換醫院，自從娃聚之後，她好像蒸發了。打醫院，說離職；打家裡，說有打電話回來，半年多沒回家，因爲常換醫院，現在搞不清楚在哪個醫院工作。希兆再打那隻小剛給的手機號碼，又是那個男的接：

「你三番兩次打電話來幹什麼？」

「請問你女朋友還有小布要賣嗎？我在找ＫＢ，聽說她賣了一隻金髮ＫＢ？」

「我們早分了，很久沒聯絡了！我們沒有關係，你以後不要再打來。」說完即掛上電話。

日本女學生在台失蹤的消息越登越大，日本刑警也來到台灣偵查，木村信一郎是個帥哥警探，身高一米八，還染一頭褐髮，很有型，在日本也是尋人高手。他靠的是懂電腦，英文也好，還會寫程式，他在會議上報告：

「我是木村信一郎，第一次來台灣請多指教。根據我們的調查，跟岩田小姐一起到台灣的，還有三個日本女生，她們在台灣住同一旅社，六福客棧，後來岩田在台北聚會中認識一個台灣男孩，邀她到家中作客，就跟她們分開行動。岩田獨自參加日月潭娃聚，會後她們還一起合照，然後獨自離開，她們還以為岩田先回日本，沒想到她已失蹤。現在的第一個關鍵人物是在台北的那個男生；另外她的娃娃曾出現在網路上拍賣，拍賣者爲化名小靈的陳佳玲，這是第二個關鍵人物，不知可否提供你們這邊的資料？」

這時所有人都看王希兆，他咳了幾聲掩飾不安：

「沒有，還沒……」

「王仔！你照顧老婆太用心，破功了？」

「我也在調查陳佳玲，她三個月前從台中澄清醫院離職後，就失去音訊，目前還沒找到。我同意木村先生說的兩個關鍵人物。」

「我們先找出陳佳玲吧！」木村說。

午兒最近的狀況很糟，醫院已發出病危通知，希兆公私兩頭跑，忙得形銷骨立，午兒痛到連嗎啡都無效，抓住希兆的手低號：

「讓我走吧！我受不了了！」希兆滿臉汗滿臉淚，午兒有時痛到打希兆，打不到就在空中狂抓，她已沒什麼力氣，希兆湊過臉去讓她打。

「都是我不好，你打我吧！」

比較不痛時，午兒直直地看著他：

「我走後你怎麼辦？」

「不會的，不會的，你要爲我多活一天，一天也好！」

「你要讓我走，我死後會緊緊地守護著你！」希兆的心臟彷彿被擊一拳，元元生前也說過類似的話，難道午兒是元元的化身，死後仍守護著他，那又爲什麼一個又一個走得這麼急這麼快？

有天晚上希兆夢見一個年輕女孩，全身彷彿透明，長髮手中抱隻娃娃，她笑著對希兆說話，卻一點聲音也沒有：

「你在說什麼？大聲點，我聽不到！」

那女孩張大口形放慢速度，希兆讀她的唇語，她一再重複：

「H—E—L—P！」

「help，我知道了！你在哪裡？」

「M—O—U—N—T—A—I—N」

「mountain？哪一座？」

「E—A—S—T」說完轉身走入群山中，那山景背景好像風景明信片，山頂還有一些積雪，美麗而清晰，然後就不見了。

這就是所謂託夢嗎？希兆醒來後想，如果夢境是真，那女孩是死了，而且是溺死在水中。她走入的那山景看來有點熟悉，希兆找台灣百岳圖，覺得每一幅圖都有點像，也都不像，難道岩田死在山中嗎？山頂積雪的山，那是極高的山，而且在寒冬中，她是跟登山隊上山的嗎？還是被綁到山中？

希兆與木村合作找到邀請岩田到家中住的男大學生劉易文，他們是在網上認識的。劉易文家很有錢，在陽明山有棟別墅，當天父母、妹妹也在家，邀她到家中作客也是常情。他面有戚容說：

「我是前幾天看報紙才知道她已遭到不幸，怪不得寫給她的 E-mail 都沒回，才見一次面，很溫柔甜蜜的女孩，沒想到……」

希兆覺得「遭到不幸」這幾個字很刺耳，太做作了。男孩看來乾淨文雅，雖然是簡單的暗紫 Polo 衫，穿在他身上就很貴氣，有錢人果然不同。男孩不斷敘述他和岩田惠相識的過程，希兆突然插進一句話：

「你是登山隊的嗎？」男孩有點嚇住，遲疑一會才啓口。

「剛進大學的時候，也不過留個名而已，活動大多沒參加。」

「哦！我隨便問問。你說岩田惠在你家過一夜，第二天你載她到士林搭捷運？那是最後一面？」

「是！她搭捷運到台北車站，跟娃聚的網友會合，一起搭車到日月潭，沒有再聯絡。」

劉易文走了之後，希兆打電話到C大登山社求證，登山社長說劉易文確實很少參加登山社的活動，但他很愛登山，常自己組登山隊上山，有幾個登山隊友也跟過他的隊，看來劉易文是技術性的說謊。希兆問：

「台灣什麼山，山頂上有蠻大的獵屋，還有一片草原，一個湖？」

「不是湖是池吧！」

「北大武山，還有奇萊山。我只攀過十幾座，說不準。」

希兆找出北大武山和奇萊山的圖片，前者雄偉，後者靈秀，夢中的景象較接近奇萊山，希兆盯著照片陷入沉思，這時醫院打電話來說午兒快不行了。希兆到達病院時，午兒已陷入昏迷，兩眼翻白，喊也聽不見，醫護人員說：

「要急救嗎？」

「要！當然要！」

「她會很痛苦的，只爲多活幾個鐘頭？」醫生說。

「救到底，我還有話對她說。」說著，住院醫生便上前作CPR，打強心針，午兒在電擊中身體激烈地顫動，一副皮骨彷彿快顛碎，像一具垂死的布袋戲偶。希兆緊緊握住午兒的手，這是生與死的拔河，他在心中喊：

「午兒，不要離我而去！」才說完，午兒大量噴血，她以血流告訴他，血色的愛永不止息，然後終於去了。

喪事辦得很簡單，希兆只請一個禮拜假，火化之後，骨灰一半供在佛堂父母哥哥的旁邊，一半供在家中，和一堆娃娃在一起，那些娃娃都不能賣，不管它們有多値錢。人走了，蘭花居然開花了，希兆將蘭花供在靈前，愛美的午兒在天上應該會看見聞到吧？

局裡終於找到陳佳玲，她這一陣子都在中台禪寺準備出家，在那裡住了三個多月，家人適時找到阻止，陳佳玲在警局裡說：

「我不認識岩田惠，娃娃是我拿到『一車娃娃』那裡寄賣的沒錯，那是一個賣家掛在網上賣，我看價格比一般便宜許多就標下來了，買來後嫌有瑕疵，想退貨對方不肯，我就拿去寄賣了！」

「賣家的資料你還有嗎？」

「應該有吧！不過網上很多假資料。」

「請你在這裡的電腦找出那個人的資料！」

陳佳玲點上網，找出那個人的資料，是化名小凱的賣家，專門燒錄影碟，只賣過一隻小布，就是那隻金髮小布，小凱還是在學的大學生，當他坐在警局辦公室，嚇得全身顫抖：

「人不是我殺的，我只是撿到岩田的小布，我知道她很值錢，就帶回來了！」

「你認識她？」

「也是第一次見面，我們一起去爬能高越嶺，她和劉易文一起，應該是他的女朋友吧、他每次上山都帶不同的女孩，花花公子一個！那天我們在奇萊山頂的山屋過夜，劉易文和岩田到屋外去談判，對啦！談判有談判的神情，因爲天氣很冷，也沒人出去看，後來劉易文一個人先回來，岩田回來時大家都睡了。隔天一早，岩田說身體不舒服要先下山，大家勸不聽，只好由劉易文陪她下山，後來的事大家都不知道了，我們還以爲岩田回日本了，一直到前一陣子看到報紙才知道她出事了。至於那隻娃娃是岩田留在山屋沒帶走的，只有我知道它的價値，因爲我常在拍賣網晃，現在的女孩眞敢花，一隻四五萬的娃也買得下！」

看來岩田的死跟劉易文密切相關，希兆把劉易文找來，他想了一想鎭定的說：

「我們的確是一起去爬山，我們是約好一起去自殺的。兩年前我得了嚴重憂鬱症，自殺好幾次沒死成，後來在自殺網站認識岩田惠，我們常討論死亡跟自殺……」

「自殺網站？拜託，你們有沒有大腦？」

「每個人都有權利決定自己活的方式，難道就沒有決定如何死亡的方式？殉國殉道殉情的死就比較偉大嗎？從古以來自殺者就是一個祕教，人類的歷史有多久，這個祕教就有多久。我跟岩田惠討論最想死的方法，就是死在高山的湖泊中，那一天我們將自己綁在大石頭上，兩個人一起墜入水中，湖水溫度應該在零下，但我一點也感覺不到冷，好像掉進一大塊果凍中，黑暗的四周充滿光芒，我以爲那是天國的光，漸漸的我的身體沒有知覺，整個人在飄，以爲已走進死亡的國度。可是當我醒來，是在岸邊，好冷，那時天空的星星還亮得很，四周無人，我的羽毛夾克還在岸上，好在有那件外套，否則早凍死了。那個地方那個時間，不可能有人把我救起來，可能是繩子鬆脫，我不知不覺游上岸，那是一個人的原始求生本能，也許潛意識裡，我是不想死的。水底裡的岩田惠，是不是跟我一樣？可是已經太遲了，時間已過了十個小時以上，我在岸邊一直坐到天亮，然後一個人下山……。」

「你說得很好聽，但你幫她纏上繩子，幫助她自殺，你就是殺人凶手，你要接受法律制裁，這些你沒想過嗎？」

劉易文的臉色蒼白如死，閉緊嘴再不肯說話。

典型的騙子殺手，希兆想，這樣的人總會找各種藉口逃避自己的罪行，他永遠相信自己是清白的，不會殺人不會犯罪。這樣的凶手通常出身良好，家教嚴厲，他不是沒有良知，相反的，常處在道德焦慮中，透過罪行加深自己的罪惡感，另外一方面則不斷騙自己是清白的。

警方組織搜索隊，由劉易文當嚮導，搜山人員來到岩田失蹤的地點，這附近樹林濃密，還有溪水瀑布，二月天裡，氣溫很低，前幾天這裡還下了一場小雪，山頭還有一些積雪，希兆覺得這裡跟夢境的山景一模一樣。他問警員：

「這附近有湖嗎？」

「沒有湖，有池，淹不死人的。」

「去看看！」

池只有直徑十公尺大小，池水呈鸚哥綠，看起來頗有深度，希兆看劉易文的臉色發白，示意員警打撈，撈沒多久，撈起一大圓石，岩田惠被繩索綁在巨石上，屍體完好，像半透明的瓷娃娃，還閃著綠光，身軀呈抱石蜷曲狀，眼睛怒張，嘴唇微開，好像看見什麼異物的驚訝神情，一具很有表情的屍體。劉易文看到屍體下跪痛哭。不斷自言自語：

「你看她的表情！死亡原來是這個樣子！她看見了！看見了！」

看見什麼呢？希兆不能理解這些想死的人，但死亡的背後並非一無所有，這是他早有的體認。

案子已經結了，希兆把所有娃娃讓給「一車娃娃」，得到的款項還債還有餘，沒想到娃娃這麼值錢。希兆買了更多的蘭花，空閒時待在花房東弄西弄。

近來希兆脖子上也長了一些疣，那蟻群似的疣，好像正從脖子爬向臉龐，希兆摸著疣，手指一路往臉頰上游去。

# 文明

文明與失散多年的弟弟重逢是在百貨公司，那正是母親節前夕，百貨公司到處是人，文明想為婆婆挑一枝按摩棒當作母親節禮物，逛到健康器材部，那裡擺著好幾座按摩椅，每一張按摩椅都躺著一個歐吉桑或歐巴桑，他們都閉著眼睛，椅子放平，臉上有難過的表情，大概舒服到極點就是難過，看過去好像橫屍遍野，有種恐怖的感覺。當文明正在試用按摩器時，弟弟拍她的肩膀說：「姊！」那口氣好像他們昨天才見過。然而文儀逃家已經六年了。

六年前文明還未出嫁，弟弟才讀大二，父親失業酗酒，母親逃家十年。那樣的家誰都想逃，文明跟弟弟合力維持個家的樣子，弟弟打工養家，文明高職畢業就在家煮飯洗衣，偶爾出去打打零工。弟弟原本是個樸實的大孩子，每天都穿一件文明送他的豬肝紅襯衫，天天洗天天穿，同學都以為他沒洗澡沒換衣服，故意捏著鼻子糗他。他們不知道文儀極愛乾淨，從小睡前一定要洗腳，順便修修指甲。他那一雙腳比文明還秀氣。父親發酒瘋時喜歡打人，文儀看到姊姊被打，跟父親打成一團，砸鍋砸碗，父親才三十八歲，脾氣非常火爆，打架時跟兒子一樣猛。

更小的時候，他們幾乎形影不離，他們的家在C城最破落的地區，緊臨夜市和風化區，白天他們偷窺私娼的藍色房子，心想爲什麼要漆成藍色，好像童話中的房子，他們自己給那些妓女取名字，這家的叫「夢夢」，那家的叫「菲菲」。那些女人有時坐在門口招攬客人，遇到生意較淡時，就對他們們淫笑：「小弟弟，小妹妹，進來坐！算你兒童票！」她們一夥姐妹浪笑，姊弟兩人聽了趕快跑。晚上他們著迷於夜市中的殺蛇，好幾條毒蛇在鐵籠子中滾動，一精壯之男人裸露上身纍纍肌肉，將蛇纏在身上，然後吊起來劃開肚子，取出蛇膽，將蛇血滴在碗中，對一點酒，免費請大家試喝。文明不敢喝，文儀每晚都喝一杯，喝得全身熱騰騰，在床上滾來滾去睡不著。在這個充滿血肉腥羶的城市角落，他們自生自長成血色鮮豔的青年。

文明母親離家前，常帶著一兒一女逃家，有幾次在車站過了一夜，當姊弟睡著，母親在無人的月台，跳到鐵軌上，她徘徊又徘徊，遲疑又遲疑，看一看兒女所在的方向，最後又爬回月台上，抹抹眼淚坐回兒女身邊。文明假裝睡著，其實什麼都看見了。

也有快樂的時候，文明母親帶他們去看兩片一百的電影，收票的小姐特別通融小孩不用買票。母親專挑愛情文藝片，看得眼淚鼻涕擦個不停，文明與文儀合吃一份爆米花，開心得像過年，他們都不是愛哭的小孩。

母親剛逃家時，姊弟去找過母親，氣派的公寓中擺滿一櫃子洋酒，俗麗的裝潢令他們退縮，母親穿著桃紅色透明紗睡衣，臉上有不悅的顏色，塞給他們一些吃的用的，然後說：「不要來了，有空回去看你們！」然而母親一次也沒回來。

還有一次，追蹤到母親跳工地秀，文明跟弟弟擠在台下，弟弟個子矮看不見，拼命揮手拼命叫：「媽！媽！」母親神色驚慌繼續又唱又跳，假裝沒看見他們，眼神十分冷漠淩厲，文明拖著弟弟回家，他一路哭：「我要媽媽回來！我要媽媽回來！」

母親因為不再愛自己的父親，沉迷於另一個男人，而對自己的孩子冷漠自私，這像一把刀深深地插入文明的心。此後心中浮現母親的影子，文明就再用這把刀殺死她。這也激勵姊弟們自立自強。從國中起他們在夜市擺地攤，賣過的東西數不勝數，什麼陶瓷娃娃、絨毛娃娃、藤椅、女性內衣褲，大都是外銷打下來的瑕疵品，一大箱才幾百元。說是瑕疵品，一點也看不出有毛病，文明和弟弟在夜市中叫賣，有時一個晚上可賣一兩千元。那些地頭蛇看他們年紀小，常放他們一馬。當有人想吃文明豆腐，拿著胸罩內褲猥褻地說：「小姐試一下嘛！你穿幾號？」弟弟裝出黑道的樣子，跟那個人拚命。兩姊弟相依為命，他們自有他們的樂趣，每天晚上數錢，興奮地睡不著，然後把錢藏到祕密地點。他們的學費生活費都是這樣來的。

文明撿來空奶粉罐、油漆罐，種各式各樣的花花草草，這些有的擺在門兩邊，屋頂上，遠遠看去頗有家的樣子，現在她是這個家唯一的女人，有男人女人就有家的感覺。她喜歡屯積許多罐頭，什麼玉米罐、鮪魚罐、水蜜桃罐……，統通堆在冰箱裡，有種富足的感覺。每當在門前澆花時，她感覺自己像古堡中的公主，來來往往的人都在看她。文明有一張上肥下尖的短瓜子臉，下頷短到幾乎看不見，一雙眼睛分得開開的，瞪著人看時就像《大力水手》中的奧莉薇。她最得意的是自己又高又挺的鼻子，仰著頭，側臉很美，就是令人想把下巴拉長，她長得像母親。文儀的輪廓很深，常有人問他是不是原住民或東南亞一帶的人，再加上一頭鬈髮，更像了，可能是父親那邊有原住民血統。

老家斜對面有家照相館，文明滿十七歲時去照了一張照片，老闆是老鄰居，把她照得很美，低低的側臉如夏荷，顯得下巴較長，挺直的鼻子，雙手抱拳放在胸前，像少女的祈禱，老闆很得意，把它放大擺在店前最醒目的位置。很多人在這張照片前流連不去，其中有一個台中一中的學生，打聽到她住的地方。每天早上，她出來澆花時，那少年在附近徘徊不去。文明偷偷瞄那青年，長得還算清秀，心裡好像有面鼓在響，她的回應是對著馬路潑一盆水，覺得自己像天女散花。這樣朦朧的相會維持半年就結束了，文明沒告訴任何人，連最親的弟弟也沒有，她要完全占有這甜蜜的初戀。畢竟她長得不算美，卻也被一個男人注視過。

文儀愛讀書畫畫，擺攤較空時，不是讀書就是畫畫，畫形形色色在夜市穿梭的男男女女。他偏愛畫煙花女子，尤其是老流鶯，還有就是有著纍纍肌肉刺龍刺鳳的黑道青年。有一次爲了畫外號「暴龍」的小混混，對方被畫得不耐煩，嚼著三字經揚長而去。他們被畫的時候喜歡掏出武器，故作英雄狀，有的是西瓜刀，有的是武士刀，有的竟然掏出手槍來，文明跟文儀都覺得很刺激。夜市邊有個歌仔戲班，文儀喜歡看排戲和演戲，學得又快，有時一人兼多角，搬演給文明看，看得她捧腹大笑。他們還養了一窩貓，有母貓小貓，母貓就叫「母母」，全身黑溜溜，小貓分別是小一，小二、小三……，母貓很會生，生產時到處躲，文儀文明怎麼樣也要找到，然後融入牠們的家庭氣氛。文儀念夜市社會中學，沒有時間補習念書，居然也一路考進大學。上了大學，姊弟倆不再出去擺攤，文儀說會另想辦法，叫文明待在家裡顧家就好。文儀上了大學，進入一個她陌生的世界，她覺得跟弟弟越來越遙遠。

文儀不告訴姊姊他在哪裡打工，打什麼工，一直到有人告訴文明弟弟當人體模特兒，脫光衣服給人畫畫，文明氣得跑去找文儀。在G大學美術系教室，文儀光溜溜的身體直立著，一條腿微彎，一隻手臂搭在自己的肩上，教室靜悄悄，每個人的神情很嚴肅，文儀好像沉醉在自己的世界，臉上的表情很安詳。文明從來不知道他的身體這麼美，害她不敢進去，一直等到下課，文儀一穿好衣服，就被姊姊拖出教室。

「回家！不要在這裡丟人現眼，你這工不要打了，以後我出去工作養家。」

「姊！我喜歡這個工作，輕鬆又好賺，別人想當還當不成呢！」

「說得好像很了不起，丟人現眼，不准就是不准！」文明雖然才大弟弟一歲，凶起來還是壓得住弟弟。

「我想讀藝術研究所，這是藝術，你知不知道？」

「那為什麼你不畫他們，他們要來畫你？同樣是人差那麼多？」說得文明聲音哽咽。

「我的身體好看啊！不！不！應該說我喜歡被畫！我是個戲子，被畫讓我了解我喜歡演戲！」

講到演戲文明就火了，他們的母親就是喜歡看連續劇，跟一個三流連續劇演員私奔的。

「你不聽我的話，我告訴爸爸。」文明祭出最後一招。

文儀收斂了一陣子，整天卻跟女朋友婉如吵架，他們在一起一年多，算是班對。婉如很懂事，有空就來家裡陪文明，邊做家事邊說話，有一天她吞吐了半天說：

「文儀變了！脾氣變得好怪，老是跟我鬧彆扭，那天我發現他寫給網友的信，我們共用一台電腦，那個人好像男的，說想跟他在一起，他開始說不可能，接著是問他：『我眞的很美嗎？』後來居然猶豫了，說在長期被注視之下，他發現了渴望被男人愛的自己，他很痛苦！我更痛苦！」

「我就說吧！給人畫畫遲早會出問題！」文明話說得像先知一樣，其實她心裡比誰更害怕。弟弟是她的精神支柱，而他正邁向一個她不知道的陰暗世界。這就好比有人把他們撕成兩半。

文儀帶他的男朋友給文明看，在一家很高級的餐廳，對方是文儀系裡的講師，剛留法歸國不久，弟弟穿著網狀黑色緊身T恤，脖子上戴著好粗的一條銀項鍊，兩個人笑得好甜蜜，身上飄著淡香水味。文明聞到那香味想吐，坐沒多久就說要走了。姊弟一起走回家，沉默許久文明說：

「那婉如呢！你不用對她負責嗎？她幾乎天天對著我哭！」

「我沒有辦法，走不回去了！」

「這比你說要去出家還嚴重！」

「這跟出家差不多！我沒有辦法過一般人的生活！」

「我不准你這樣，我不要你這樣！」文明說著嗚咽。

「我以爲至少你會支持我。」

「我沒有辦法！」文明一路哭著一路跑回家，那天晚上文儀沒有回來。

接下來是無數次的爭吵，爸爸也知道了，全家吵成一團，後來文儀離家出走。文明在混亂中嫁給一個計程車司機，年紀跟爸爸差不多，爸爸欠他最多錢，當然不反對。弟弟走了，文明的心死一半，留在家也沒意義了。她每天到照相館去看自己的照片，好像只有這樣才能證明自己的存在。有一天她對著自己的照片默念：「你在祈禱什麼？祈禱有一個自己的家，我要去嫁人了，你要替我好好看著老家，再見了！」丈夫對她還可以，跟爸爸一樣，也愛喝酒也愛打人，但每個月都會拿錢讓文明給爸爸，好像跟爸爸有什麼默契一樣。文明從一個家換一個家，狀況沒什麼兩樣，自從有了寶寶，她才找回被撕裂的那一半。

最不能忍受的是那件事，每當夜晚來到，她的心充滿恐懼，滿身是酒氣的丈夫撲向文明，令她想到爸爸，有種不倫的感覺，然後是想到媽媽，文明終於知道媽媽爲什麼會逃家。酗酒的男人就像吸毒者一樣，沒有人性，沒有羞恥，他會拖著身邊的人一起沉淪。母親不想沉淪，卻沒有能力救自己，於是掉得越深。她更沒有能力救孩子，看到孩子只有更痛苦。但她知道自己的孩子是怎麼長大的嗎？

重逢的姊弟，緊緊互抱，令人誤以為是情侶。

「聽說你結婚了，很抱歉沒去參加婚禮。」文儀說得文明臉紅，她寧願他不來。

「聽說你眞的去讀戲劇研究所？」

「是啊！後來又去當兵，剛退伍！」

「怎麼都不來信？」

「寫了，又撕了！」

「我是你姊姊，又不是仇人！」

「我一直有你的消息，你結婚，已經有個三歲寶寶對不對？我有幾次偷跑回家，家裡又髒又亂像個垃圾堆，好懷念以前的日子。我還看到你結婚的照片和小 baby 的照片，很可愛的寶寶。我也好幾次偷偷去看過你家，剛才我跟你好久了！」

「死人！偷偷摸摸的，也不出來相認，想死你了！」

「我知道，沒混出名堂不敢見人。」

「爸爸都不知道？」

「他不是不在，就是喝醉酒，房子塌下來都不知道，我還在那個房子睡過一夜呢！」

「怪不得！」

「爸爸也有個女人，阿加，唉！我們走了也好，各自方便！」

「眞的！我都不知道！」

「你不知道的事可多著呢？我找到媽媽，媽媽也找到我，在一次公演中，她來看我表演，就在後台，演一齣更像戲的戲！她大概以爲我紅了，想來當星媽。眞是！」

「媽爲什麼不來找我？」

「她說沒臉見你和女婿！怎麼不想？」

「你帶她來找我呀！她不想抱孫子？」

「也就是最近的事，不如你來看戲，她現在是我的戲迷。」

「你演什麼戲？」

「泉州戲《玉眞行》，我演玉眞，台灣唯一的泉州戲乾旦。」

「你是哪怪往哪裡去，唱什麼泉州戲，聽都沒聽過！」

「就是南管，歌仔戲的古早戲，我到大陸學了一年多！」
「什麼時候演出？」
「就下個月。在國家戲劇院，你要來哦！」
「那是一定！」文明緊緊抓住弟弟，很害怕他又跑掉。

自從找到弟弟，文明整顆心都飛到他那裡去，媽媽也在那裡，他們可以共組一個家庭。越想越覺得這個家待不下去。他們的房子是違建，屋頂鋪著石棉瓦，每到夏天熱得像烤箱，中古冷氣一點都不涼，文明全身是汗，在床上翻來滾去睡不著。丈夫爬到她身上，也是一身臭汗，文明猛力推他下去，推著推著兩個就打起來。打到全身濕透，不知為什麼汗這麼多，眞想逃到一個有冷氣乾爽清潔的地方。她決定要離開這個家，跟當時的母親一樣。

弟弟公演那天，文明把孩子丟給婆婆，一個人北上尋親，在後台見到母親，她打扮得妖裡妖氣，下陷的眼窩紋著眼線，像個星媽一樣為兒子端茶端水，弟弟卻不領情：
「不要動我的東西，你走開，不要在這裡礙手礙腳的！」
「我馬上就走，你先把這人參茶喝了！」看母親低聲下氣的樣子眞令人難過。

「媽！」文明艱難地吐出這個字。

「是文明，眞的是文明！」母親的眼眶紅了，然而又羞愧地低下頭。

「要上戲了！精神點！」有人大喊，母親跟文明到前台找到自己的座位。近年來戲曲熱，場內總有八成滿。今天的戲目是《玉眞行》和《呂蒙正過橋進窰》，文儀一個人分飾小旦玉眞和小生呂蒙正。

作小旦打扮的文儀，肩挑一隻拐杖，像懸絲傀儡一樣，搖頭聳肩碎步走出，唱道：「千里尋夫尋無路，茫茫來到三岔口，忽聞猿啼聲聲哭，教人肝腸寸寸斷。」接著又說：「我玉眞，原是千金軀，只爲夫君高中狀元，相府招親，拋棄家中糟糠妻，我爲思念夫君，跋涉千山萬水，小小金蓮苦難行，我苦啊！」玉眞作掩泣狀，看文儀男扮女裝，面容秀麗，身段柔美，眞眞讓人分不出是男是女。

文儀說泉州戲源自唐宋溫州雜劇，唱腔古雅，身段模仿懸絲傀儡，小旦走路雙手扠腰，搖頭擺腦，蓮步比京劇更爲細碎，只見移動不見步子。也許是福建山路崎嶇，居民又動盪流遷，戲多半發生在路途中，表示行走江湖之痛苦。怪不得小時候，母親帶姊弟倆去看歌仔戲，演著演著都會來一段：「緊來走啊咿咿咿……。」

老實說扮成女裝的弟弟讓文明很不舒服，文明也不懂得欣賞泉州戲。她心目中的弟弟是會爲了保護她跟爸爸打架的男子漢。

母親坐在文儀身邊倒是看得十分入迷，她在文明的耳邊說：「你看他扮相多好看？這男人扮小旦是最難的。」

文明對突然出現的母親有滿腔疑惑和怨恨。但不知怎麼說，她一向拙於表達感情。下了戲回到文儀的住處，兩房一廳，雖然沒有豪華的布置，但也簡潔可喜，尤其是那台分離式冷氣吹起來又涼又安靜，文明眞的不想離開這裡。

「我可以在這裡住幾天嗎？」

「怎麼啦？跟老公吵架？」母親說。

「是啦！可以這麼說。」

「那你跟我擠一擠，我睡的床小。」

「不用！不用！我睡沙發就好。」

「也好！我現在習慣一個人睡。」文明看著母親，好像在看陌生人一樣，她一直閃躲文明的目光。一個失職的母親要找回母性很難吧！她更怕面對自己的孩子。母親的神性並非天生，要靠一半的運氣和監督，如果她運氣好，碰到好丈夫好環境，在加上社會家人的監督，那她可能可以變成好母親，如果缺乏其中一項，那麼她可能棄逃。現在文明也是母親了，她能夠了解婚姻，卻不能原諒她拋棄他們的事實。

自從住在一起，關係最緊張的是文儀和母親。母親有失眠的問題，弟弟有夜宿不歸的問題。好幾次半夜醒來，母親像夢遊一般在客廳和文儀的房間走來走去。文明說：

「不要等了！去睡吧！」

「別管我！我睡不著。」

等到弟弟進門，戰爭就開始了：

「你終於回來了，我等了你一夜沒睡，你就不能早點回來，讓我好好睡上一覺？」

「誰要你等我？從小就沒人等我回來！」

「你小時候很乖，不會到處亂跑！」

「我很乖，姊姊更乖，那你爲什麼丟下我們？」

「你是故意在懲罰我，我都老了，你要我一頭撞死嗎？」

「你才不老！如果還有男人要你，你連夜都會跟人跑！」

「你恥笑我，你自己呢？睡在哪個男人的床上？我每一想到心臟都快停了！」

「不准你提我感情的事，看不順眼，各人走各人的路。」

「你趕我走！說來說去，你根本不要我這母親！」

「是你先不要我們的，在我們最需要你的時候，你跟別的男人在快活，我們姊弟長得大，那眞要託天保佑。現在我有一點出息了，你才來認我這兒子，你要我孝養你，門都沒有，我有我自己的生活要過！」

文儀說的話雖忤逆，卻也把文明對母親的怨懟發洩出來，但她同情被弟弟辱罵的母親，弟弟其實是掛念母親的，小時候常常因思念母親，躲在被窩裡哭，現在好不容易在一起，弟弟卻用各種方式折磨母親。

「弟！不要說了！看你把媽氣哭了！」

「好吧！我睏了！我要去睡了！」

這種戲碼幾乎天天上演，有一天母親呑了大量安眠藥，好在文明提早發現，送去醫院。弟弟還沒回來，等他趕到醫院，母親剛洗完胃，睡得正熟，文明對弟弟說：

「弟！對媽好一點！」

「不可能好！我只會讓她生氣，失望！」

「人家說骨肉團圓是好事，我看更糟！」

「不如你們一起住，我搬出去，以免她被我氣死，房子讓給你們，房租我來付！」

「不行！我想念兒子！我要回去了，看見媽這樣，我就想到我自己。」

「你在，還有個緩衝，你走了，我們豈不鬧得更凶？我現在的收入也不固定，想到法國去念博士，我的男朋友也在那裡，就是以前你見到那個，我們約好在那裡生活，法國人懂得欣賞我們的傳統藝術。」

「到法國念書？那不是要花很多錢？」

「學費不用，只要生活費，我可以再給人當人體模特兒。」

「你還在給人畫那個？」

「沒辦法，那最好賺，我們是水溝裡鑽出來的孩子，什麼事我都肯幹！」

「媽怎麼辦？以前她不要我們，現在我們不要她？」

「讓她跟著你吧！我這裡有筆錢，你先拿著。」弟弟拿出一疊厚厚的鈔票。

「我不能拿，你出國念書需要錢。」

「拿著！我不會讓自己沒錢。你租大一點的房子，母女作個伴也好。再說，媽媽會回來找我們，我想是要跟爸爸復合，人老了想法總會變！」

「不可能，我們都很難原諒她，更何況爸爸？」

文明帶著母親回家，丈夫對她冷冷的，不跟她說話，好像剛吵完架一樣。文明說要租大一點的房子，他也沒意見，他每個月只給固定的家用，孩子給母親帶，她出去做會計，錢雖不多，但一家四口，也夠用了。文明找到一間類似弟弟住的兩房二廳，房子附有冷氣，雖不是分離式，吹起來很涼，她對這個新家滿意極了。

媽媽跟文明的話越來越多，她漸漸會提起過往她失蹤的生活：

「苦啊！女人就敗在感情上，只要遇錯人一輩子就完了。我什麼工作都做過，專櫃小姐、美容院做臉小姐、電影院收票員、拉保險、直銷、售屋員……，錢都被男人花光光，花光也就罷了，嫌我老，嫌我不會賺錢！要賺還不容易，下海就是了，可我還是有點自尊吧！唉！看破了！當尼姑也沒人要！女人的青春就那麼短，還是孩子好……。」說到這裡聲音哽咽。說實在的文明不想聽這些，但沒有這種交心，母女就不親。

「你就不要想過去，人沒有事事美好的，能過得去就好了。等弟弟學成回國，你就好命了！」

「我才不想靠他，像他那樣，無子無後，老了比我還慘！」

「每個人有每個人的生活，弟弟會走出自己的路的。你想回去看看嗎？我好久沒回去看爸爸。」

「不要！不要！那多尷尬！」

「唉！他一個人不知過什麼日子！」

等文明回老家，房子不見了，挖土機正在開馬路，附近的房子也不見了，什麼藍房子，歌仔戲團，還有夜市全成了大馬路，他們的房子挖得只剩一半，照相館也剩一半，她的照片還掛在那裡，文明飛奔過去搶救自己的照片。這裡有她美好的童年，早熟的青春，還有還有說不完的辛酸與甜蜜，這是她在世上唯一所有，都不見了！文明急得滿臉汗滿臉淚，再怎麼說它是她生長的地方，她衝進那被切了一半的房子，說什麼也不肯離開，挖土機上的工人對她大吼：

「小姐，快離開，我要開過去了，你要被壓扁嗎？」

文明不理他，抱著自己的照片坐在已經露天的床上，這時「母母」從床底下跳到文明懷中一直舔她的手，文明抱著「母母」和照片一起戰鬥。挖土機像戰車一樣轟隆轟隆響駛近來，她不爲所動，像銅像一樣矗立在馬路中央。這時來了幾個工人，把她架開，文明拚命掙扎，還是被架到馬路邊。她還幾度衝進那個已不算房子的房子，搶救幾件東西，然後眼看著房子被拆得一乾二淨，原來房子像豆腐一般脆弱，三兩下就不見了。文明四處打聽爸爸的下落，只在一堆垃圾中找到弟弟的豬肝紅襯衫。她抓著那件襯衫垂頭喪氣地打電話給弟弟，話未說出口聲音就哽咽了：

「弟，我們的家不見了，藍房子也不見了，我找不到爸爸。我……。」

「姊，你別哭，爸爸跟我說了，土地被徵收，要挖大馬路，他買了新房子，好像有意思要媽回來！」

「爲什麼我都不知道？大家都瞞著我，你又跑那麼遠！」

「就是在你住我那裡的時候，媽媽知道爸買了新房子，很高興呢！」

「我是呆子！你就不在意我們的家不見了？」

「不見了也好！住在那裡的日子對我如同上輩子的事！」

「我只有一輩子，你有幾輩子？」

「好幾輩子！姊，不要再說了，先回家吧！」

垂頭喪氣回到家倒是看到爸爸，正興高采烈地談他拿到多少徵收費買什麼樣的新屋，母親也聽得津津有味，兩個人像沒事一樣，看來她是眞的想回到爸爸的身邊。一切看起來都解決了，都沒問題了。文明瘋了一樣對他們大吼：「我是什麼？我算什麼？那我呢？你們賠我，賠我……」

# 樓窗

「這麼說來，我們是同鄉？」

在往泰國的旅行團中，剛恢復單身的雍容與同行的趙沅平認起鄉親，剛開始為搞熟大家多少要攀親帶故的，誰跟誰是同行，誰跟誰是同鄉。雍容常在旅行中遇到同鄉，都沒什麼感覺，有時還不好意思相認，畢竟是東部很鄉下的小鎮，因此常被認為是原住民。

「那你是原住民嗎？」趙沅平果然不識時務地問。

「不是！我是百分之百福佬，那你是原住民嗎？」

「也不是，我祖上是湖南，看我的名字就知道了！其實在A鎮只住過十二年，但我確確實實是在A鎮出生的，讀完小學才搬到高雄，從來沒有回去過。但我對A鎮記憶深刻，寧靜美麗的小鎮，山那麼高深，海那麼乾淨，我們住的是有院子的紅磚樓房，應該是日據時代的建築，院子有一棵很高大的麵包樹，有拱門與長長的樓窗，窗櫺漆成粉紅色，我常常坐在樓窗上看過往的行人和牛車，每到黃昏我就會獨自哭泣，也不知為什麼。一個小男孩有那麼多眼淚，也許跟愛上同樓的女孩有關吧！她常夾著琴譜，飛快下樓，辮子一甩一甩的，然後騎著腳踏車到鋼琴老師家學琴，我總覺得她是對什麼東西著魔般不顧一切往夕陽裡衝去，那是我沒有的，把我遠遠拋在後面，讓我覺得我的身體裡面破了一個大洞……。」看來這個人對A鎮不但有感情，還是鄉愁派詩人，看他把A鎮說得多富於詩意，在雍容的眼中只看到鄉人的村俗與貧乏，光想都會打呵欠。

「原來你住過紅樓，那是瘧疾研究所旁邊的宿舍，樹好大好多，我常到那裡散步，離我家只隔兩條街，我住戲院口，你幾年次的？」

「四十九年次。」

「我也是啊！我們同年，又只隔兩條街，居然不認識，那太奇怪了！你不會是編的吧？」

「也沒什麼好奇怪的，我們紅樓住的大多是外省人，讀的都是空軍小學，算是外地人，也少與當地人往來，無田無地兼無根。哪像你們有田有地的。」

「這就是你們的偏見了，以爲本地人都是田僑仔，我家是作生意的，也是無田無地的。」

話聊到這裡，又到一新的景點，是曼谷有名的佛寺。赤足進入佛寺，佛前供的白蘭花，堆滿大半個佛堂，遠遠看去佛像烏漆抹黑，法相接近本地人，黑瘦黑瘦，高眉骨深眼眶，就像街上遇到的泰國苦力。什麼人種拜什麼樣的神像，神像是最本土化的，太寫實反而有種怪異的味道，肅穆有之，神聖的感覺倒沒有，但雍容還是雙手合十禮拜，趙沅平更是虔誠，作摩頂放踵禮。人到中年，大約已進入宗教時期。供花太多，參拜的人只有擠在門口處，也因爲天氣太熱，大家手中的導覽資料都拿來當小扇子，拼命搧，還是滿頭臉汗。十二月是涼季，這種天氣有點反常，氣溫四十度整，雍容有點後悔一個人參加旅行團到泰國。剛簽完離婚協議書，恨不得馬上出國忘掉一切，原先的目標是歐洲，打算跟妹妹租車自助旅行，無奈妹夫意見多得很，妹妹拖拖拉拉，於是負氣隨便掛一個團，最便宜的，因她還是想去歐洲。跟趙沅平同行的是二十來歲清秀的小夥子，可能是他兒子，但面容一點兒也不相像。兩個男人出來玩有點怪怪的，但萍水相逢只要表面客客氣氣就好，雖然是同鄉。

晚餐在住宿的五星級餐廳用餐，菜色豐盛，只是有的酸有的辣，雍容只端了一碗魚丸湯麵，接近台灣的擔仔麵，天氣太熱實在沒什麼胃口。趙沅平端了一盤生菜沙拉，和那個大男孩一起走過來，毫不客氣坐到雍容對面：

「你們好大膽，問都不問就坐下來，不怕我是大哥的女人？我可是那金三角販毒老大的三姨太。」

趙沅平斯文地笑，低頭吃他的生菜沙拉，那男孩不斷夾菜給他，男性之間的溫柔，有一絲絲纏綿的味道。

「怎麼？不像？不夠嬌媚？雖然有一點年紀，我對我的美貌可是很有信心哦！你是老師或作家嗎?」

「都算吧!你呢?」

「公務員,教育部。」

「你長得有點像她,那個女孩。」

「鬼扯!你的小女孩怎麼會像我這個中年女子?」

「真的有點像,幾年前我還到加拿大見過她,她沒什麼變,做什麼像拚命一樣,還是彈鋼琴,在樂團裡演奏,還有一點知名度。」

「她叫什麼名字?住紅樓的也許我認識。」

「朱湘,名字很好記的,跟一個詩人的名字一樣。那時有一個電影明星叫什麼湘的,氣質很好,兩個人也有點像。」

「啊!她就是我最好的朋友,我到紅樓都是去找她。她的父親是瘧疾研究所所長,家裡布置好雅致貴氣,我去作客都要特別打扮。五年級她家移民到加拿大,我們一直保持聯絡,一直到讀大學,不知爲什麼斷了聯絡。」

朱湘,這個埋藏在心底深處不能碰觸的名字,被一個陌生男人說出來彷佛打開藏寶箱般,隔世般的記憶發出寶石般的光芒。朱湘有一張小巧的瓜子臉,緊緻的皮膚有杏子般的色澤，身體相當豐滿，在小孩的眼中就是胖了。雖然在學校是樣樣傑出的明星學生，被老師高高捧著，卻幾乎沒有朋友，她太早熟，十歲就一副小大人的樣子。雍容與她是在合唱團熟起來的，班上只有兩人被挑中參加全國合唱比賽，朱湘是鋼琴伴奏，雍容唱女高音。朱湘的家很大，又有大院子，布置洋化，白桌巾白沙發套，骨瓷餐具、銀器、陶瓷玩偶，檜木家具，整理得一塵不染，連她們家喝的水也好像消毒過的那般潔淨。有時合唱團員在她家練唱，練完唱，朱湘堅持陪她走回家，因才隔兩條街。走著走著又走回瘧疾研究所，仿文藝復興時代兩層樓的紅磚建築，日據時代建造設立，矗立在高大的熱帶樹林中，林中的濕氣讓建築生苔，經過歲月的沖刷，赭紅猶帶綠斑，上面垂著纍纍黃金葛藤蔓，遠遠看去如同血色般的鬼屋，顏色已夠詭異，窗櫺還漆成粉紅色。她們都不敢進入那棟建築，只在樹林中說話，大多是朱湘說，雍容聽。在心智與發育上朱湘像個大姊姊，雍容覺得自己像小土豆一般只有聽的分，不明白朱湘爲何有那麼多的心事，可以對她傾訴到深夜，大多是孤獨寂寞之類的感嘆。幼穉的雍容也只有不懂裝懂，兩人靠在一株巨大的麵包樹下，耳邊絮語，雍容覺得新鮮刺激，像聽催眠曲，每每聽到快睡著。她們像共同罹患一種熱病一樣，每天非見面不可，坐在黑夜的巨木下緊緊靠在一起談話，直到不得不回家。這樣的死黏有點奇怪，也許她們不該闖進那棟培養細菌的大樓，曾有多少人死在那裡，實驗室裡躺著多少被解剖的屍體，關在籠中作實驗的猴子張牙咧嘴發出尖叫，鬼魅般的熱帶奇景，到處散發著死亡氣息，也只能存在於這少有人知的小鎮。一般鄉人聽到瑪啦利啊（Malaria），不禁作出全身顫慄的鬼樣，這令人為之喪膽的惡疾，也令日本人畏懼，聽說最初來台六分之一的日人全喪命於此。古書上所謂的瘴癘之氣，指的就是瘧疾之災，它是透過蚊蟲叮咬傳播的疾病，在越荒僻之地越容易蔓延，原住民人口日漸減少也與此病有關。日人為了對抗此病，設立瘧疾研究所，在六龜廣植奎寧樹，此樹甚毒，蝴蝶谷的蝴蝶幾乎因此滅絕。戰後初期這個小鎮瘧疾仍猖獗，瘧疾研究所聚集許多專家與研究人員進駐這裡，他們是透過聯合國與WHO協助的防治瘧疾計畫而來的，大多是外地人，且行動頗為神祕，進出都是黑頭車與外國人，被當地人誤以為是情報人員，一聽到他們跟瑪啦利啊有關，像看到瘧疾帶原者一樣，嚇得不敢與他們接近。朱湘因為這樣才沒朋友吧！像雍容這樣，算是大膽的，還瞞著爸媽與朱湘偷偷見面。

她們之間的熱病稱為什麼，雍容不明白，但能甜蜜地患著病，也是幸福的吧！朱湘常跟她說：

「我生病了，我覺得我快死了！」雍容連安慰的話都不會說，只有呆呆地看著她哭泣。

有一陣子，朱湘常請假，來上課時都是男導師騎摩托車接送，學校三兩天就作家庭訪問，雍容去看她時，朱湘躺在床上，臉色慘白，聲音微弱，雍容眞的以爲她快死了，笨笨地低哭：

「你不要死嘛！不要死嘛！」

大約過了一兩個月，朱湘不但沒死，還健健康康地來上學，一切又跟過往一樣，甚至性情變得較爲開朗活潑，但雍容覺得一定發生了一些事，這件事隔開著她們倆，像一道鴻溝，她和老師、學校之間一定存在著什麼祕密協定，是不是跟那棟神祕的血色大樓有關呢？爲什麼有事裝沒事一樣？把別人瞞得死死的。雍容有點氣惱，她才十歲，如何有能力拆穿這巨大陰謀，有一陣子故意不理朱湘，任她百般討好，雍容就是裝冷漠。不久瘧疾研究所完成階段性任務，全台疫情明顯下降，研究人員紛紛離去，朱湘的父親應哥倫比亞的聘約，全家計畫移民南美洲。乍然要分離，兩人縱使和好也太遲了，搬離的前一夜，兩人在同一棵巨木下相擁哭泣，雍容說：

「你就要走了，現在可以告訴我你到底怎麼了？爲什麼發生這樣一連串的怪事，然後一堆人都要走了，讓我好害怕！」

「沒什麼一連串的，就只是我們長大了，人生就是這樣，以後你會明白的。」

「眞的不能告訴我，以後我眞的就明白了嗎？」

「眞的，眞的，你一定要相信我！」

雍容相信朱湘，如她所說有一天事情終將明朗。朱湘隨著瘧疾研究所那批人一起從她的生命中撤退，這個曾經是瘧疾之重鎮，似乎康復但也沒落了，漸漸被遺忘，只留下一些浩劫後的殘骸。紅樓搬空漸成廢墟，粉色的樓窗很快地黯淡剝落，後來變成隔壁省中圖書館，樹木砍得一棵不剩，種了一些俗氣的柳樹，雍容再也沒進去過。朱湘到南美洲之後，兩人通信頻繁，她們之間的信件還登在校刊上，彼時的鄉下人對異國有極浪漫的憧憬，小女孩的兩地書造成全校爭睹。朱湘說住在一棟全部是玻璃的屋子裡抬頭就望見天空，朱湘說同學都化妝穿耳洞裙子短到只遮臀，朱湘說……，朱湘說的樣樣迷醉人。

國二雍容初潮時，才醒悟當年朱湘發生了什麼事，那常覺得快死掉般的苦悶，讓她一夕之間長大。她終於了解彼時朱湘的心境，一切都有了答案。成長過早地降臨在一個十歲女孩身上，會造成如何巨大的恐慌與混亂，稚弱的身軀淌著血，清晨醒來床上一片血汙，那如世界末日的景象，朱湘必定不敢告訴任何人，獨自承擔著痛苦，直至被大人發現。那段日子她一定非常無助，尤其在閉塞的鄉下，蒼白的六〇年代，朱湘緊緊抱著她，就像快溺斃的人抱著浮木，或者把她視爲早早逝去的童年。

如果說她長得像朱湘，雍容是相信的，她常覺得朱湘有一部分並未離去，還在她的身軀中活著。

「我嫉妒你，她緊緊抱住你，卻把我遠遠拋在一旁。」第三天參觀鳥園時，趙沅平對雍容說。

「有時我會恨她，過早地讓我感受到同性之愛與忠誠，那印象太鮮明了，往後我努力地想去愛男人，卻無法信任他們。回想我與異性的相處，大多不愉快，但我也沒有勇氣再去愛一個女人。」

「我愛女人，我的女人原型是完整美好的，母親對我的愛也很完整。但我們所謂的外省人，就是一直搬來搬去，住的都是公家宿舍，腳底下的土地是空的，這也影響我們的人際關係，包括愛情，像海上飄浮的冰一樣不確定。我在台灣原有一個要好的女朋友，出國自然散了，後來認識我前妻，大家彼此看對眼就結婚了，然後在大公司找到工作，房子也買了，我以爲一切都安定下來，就這樣過一輩子。有一次，我們到佛羅里達度假，那是一個完美的假期，心情、風景、性事都美好，假期結束時，我們一起喝醉，妻子哭了，我以爲她是喜極而泣，但她說這是我們最後一個假期，她無法再跟我一起生活。我問她我做錯了什麼？她說我是一個沒有行動力，心靈癱瘓的人，她必須不斷地拖著我走，太累走不下去了。我因爲太混亂，太軟弱，答應她立刻簽字離婚。這之後我每晚都混在酒吧，有時被男人拖回家睡，跟男人在一起一點也不費力，一點也不必用大腦，也許我是天生的 gay，只是沒有自覺。異性戀眞的好累，我是一個不想努力很怕累的人，我終於接受妻子說的，我沒行動力心靈癱瘓的說法。在感情上我太退縮、被動，喜歡被強烈地愛與照顧，甚至被拖回家做愛，女人是受不了這樣的壓力的。但我不甘心就這樣，我一直沒忘記朱湘，也一直有她的消息，我對她的愛慕如此強烈，那是男對女的愛吧！那一段難熬的日子，我還把房子的局部改造成紅樓的樣子，窗櫺漆成粉紅色，當她到費城演奏時，我特地去看她，還邀她到家裡作客。基於同鄉之誼，她來了，當她坐在紅樓中，背後就是粉色的樓窗，她似乎忘記以前在A鎭的一切，不斷談演奏會和旅行，就像被採訪中的音樂家，連我家中沒女主人她也不問。她一點也看不見我，以前不愛，未來更不可能。朱湘走了，我賣了房子，回到台灣，找到一個教職，出了兩本詩集，賣得很差，但混得也還過得去。前年在芭達雅認識一個混血少年，廝混好幾天，然後就是生病，眼看糊糊塗塗過完一世，我想死前再回來看一眼，那裡如同台灣東部海邊，血紅色的天空，還有雞蛋花、白色沙灘、乾淨的海洋，可是我已走不動了，只有參加旅行團，比較不費力。」

「也許你對朱湘的癡迷，就只是那粉色樓窗看出去的南國風景，某個空間的意義。我們不斷被空間定義，空間的生命有時比人的生命更可怕，它是無限延展的。你想，那個疾病與貧窮蔓延的年代，殖民地殘留的古老建築，正待啓蒙的年齡，愛與美像病菌一樣感染了我們，生命的景象因此固定。我也常在夢中夢見那棟建築，它已變成某種生命的象徵，也是唯一的象徵，它籠罩我們的人生。不同的是，你變成詩人，我變成公務員。」

「我們不斷被空間定義，嗯！我喜歡這句話。A鎮到底在我的生命有什麼意義呢？我也不知道。前年我回大陸老家探親，住了兩天就逃回來，像我們這種東西南北人，空間都是四分五裂的。A鎮是我住過最久的地方，也是出生地，但最後的記憶也只剩下朱湘。朱湘讓我們變成同一類人，兩性雙可，不同的是我不再執著於什麼愛，也不想去定義它，眾愛平等，無愛也可以。像我現在一個人，那個男孩是我的學生，我們是純純的關係，介於父子與戀人之間，主要還是有病……」說到這裡再無話，雍容也沉默了。

鳥園中大如狼狗的紅鸚鵡聒噪著，音聲如雷，身體卻文風不動，好像那聲音跟它無關，漠然如玩具。

第四天，趙沅平發燒，留在旅社，男孩跟他在一起。他快死了嗎？才認識就要死了？雍容臨出發時遲移一會下車，走進趙沅平房間，看他躺在床上，原本蒼白的臉色有一層灰翳，眼睛倒是灼灼發亮，直勾勾不知看什麼，男孩坐在床邊念《聖經》，雍容嚇壞了：

「怎麼！不行了？」

「一點燒，三十八度，常會這樣，應該還好，可能天氣太熱，吃不消。他每天都要我念一段《聖經》，念得我快變神父了。」男孩說。

「我想喝椰子水。」趙沅平虛弱地說。

「我去買！」男孩說著馬上出去。

雍容坐到床邊，趙閉上眼睛彷彿想睡，她不知要做什麼，拿起《聖經》隨便找一段念：

……我相信，上帝就是為了我一人的罪，才來到這個世界的；而若依然在期待神的到來，就是不懂得自己其實已經犯了罪，並且也因此才眞正擁有早已到臨的神了……。

雍容的手不知何時被緊緊握住，她裝作不知道繼續念，她從未做過這樣的事，這只有信徒才會做的事。對一個病危的人做過這樣的事，對他似乎也有了某種責任。並非她特別慈悲或對方特別值得同情，那是連思考都不用的自然反應。

趙握著她的手睡了約十五分鐘，雍容仔細看他的臉，不能說好看，也不算難看，鼻梁有一小段凹陷，彷彿受過重擊一般扭曲，怪不得看來有點可憐，原來可憐這名詞不只用在女人身上。

趙睡了一覺，醒來後精神不錯的說：

「怎麼？你以爲我不行了？」

「太可怕了！我再也不要認識像你這樣的同鄉……」雍容說著眼睛濕了。

「不錯啊！有美女爲我哭，死也值得！」

「生病的人，還吃豆腐。」

「我一直活得太嚴肅了，連開玩笑都不會。我們家都是基督教徒，從小，犧牲、奉獻、奇蹟、恩典、神的愛這樣的話一直掛在嘴邊。我父親相信祈禱的力量，每當家裡發生什麼事，全家圍在一起祈禱，有時長達一個小時。有一次我姊病得很重，父親跪在她床前祈禱一夜，我姊的病居然漸漸好起來，我爸作見證時，每每要提這一件事。母親跟我是不信的，出國時我把《聖經》扔了，覺得是解脫。這兩年生病，重讀《聖經》，每每要痛哭，原來那上面每一個字早已刻在我的心上，每一句話都好像是對我說的……」說著越來越喘。

「不要說了，多休息，你要我爲你念一段《聖經》嗎？」

「不要，這太折磨你了！」

「你那麼體貼，一定很討人喜歡。那我說話給你聽好了！你相信磁場嗎？我相信せ，我喜歡的男生很多是 gay，回想起來他們都有共同的特質，乾乾淨淨，細膩體貼，但非常不容易討好。他們當然不可能喜歡我，我呢！只有自暴自棄了。追我的異性戀男人大多都是沙豬與爛人，下場都很糟，去找心理醫生，他說有可能我是隱性的女同志，太可怕了！」

「你這是安慰我嗎？還是暗示？」

「哈哈！我亂說的，我只是想說我是絕代佳人，沒有後代的變異人種，你也差不多!!」

「不是佳人但確是絕代，上一代的痛苦到我們這一代結束，也是一種了結。但我沒什麼眞正的痛苦，碰到的都是好人，父親、母親，老師，老闆，情人，連我前妻都是好人。」

「因爲你看來就是一個好人!」

「連我前妻都這麼說。一個好人意味著不可愛且無趣，對吧?」

「不!好人是不敢作惡的人!他們容易害怕，因爲具有較豐富的想像力。壞人只是膽子較大，較無想像力，像我就是常做好事的壞人，因爲缺乏想像力嘛!」

「後來你跟朱湘爲什麼失去聯絡?」

「她到美國念大學，跟一個美國人同居談戀愛，大家的生活不同，她跳級比我早一年念大學，我高三時念書很拚，書獃子一個，兩個人想的做的越來越遠。其實在她去美國之前，她們全家回過A鎮一次，住在鎮上最豪華的旅館，她燙了長鬈髮，還化淡妝，向我展示她各式各樣美麗時髦的衣裝。記得有一件鵝黃色透明薄紗睡衣，領口有大荷葉邊，穿起來像好萊塢明星。她每天穿不同的衣服和我走在街上逛，我穿的是高中生制服，和她站在一起顯得土味十足。我們的話題也不那麼熱絡，我原本以爲她是特地回來看我的，想想我們通信整整八年，信有一個抽屜那麼多，信寫得那樣熱情，她常寫『遠方的摯友，你可知我有多想念你!』那樣的話。但他們似乎是衣錦還鄉，有那麼一點炫耀的味道。他們當年走時很狼狽，也許是回來找回體面的。他們不是外省人嗎?卻比我們更在意別人的眼光，愛面子。當然我不如她預期也有可能，眞正在一起，才發現原來我們長大了，距離也長大了。她回去之後，我們的信越來越少，終至沒有。」

說到這裡，男孩進來了，一手各抱著一個椰子，取出汁液，趙喝了一大杯又睡下，雍容回自己的房間，覺得自己也快病了，提早就寢。從下午到晚上，不斷下冰雹，敲得落地窗叮叮咚咚，她因熟睡，一點也沒聽見。

第五天，趙沅平仍留在旅館休養，到下午已可到附近散步，雍容跟團去賭場，小贏一把，遂高高興興去血拚一番，接著看人妖秀，跟「張曼玉」合照一張相。晚上本來要在湄公河上泛舟，傍晚卻下起豪雨，市區淹水半人高，遊覽車困在水中。街道兩旁的居民紛紛搶救家私，不過是三兩張桌椅，一張草蓆，幾只鍋碗，簡陋到原始，房子只剩空殼，簡單的木板屋，連隔間都沒有，淺淺一眼看穿。婦人抱著孩子坐在屋頂上，有些人爬到樹上看熱鬧，優哉游哉一點也無慌張悲苦狀。洪水將這裡帶回太古洪荒，文明似乎從未發生過，幾千年來，這裡的生活似乎也沒改變過。說他們樂天知足，不如說當苦難超過忍受力，呈現呆滯的狀態。

從傍晚到清晨豪雨不斷，這眞不是旅遊的好季節。

第六天到芭達雅，終於抵達最後一站。導遊似乎把他們放生，全丟在海濱飯店，不見蹤影，大概收入太低，要出去賺外快。也好，大家自己找樂子，有的去看人妖秀、猛男秀，有的唱卡拉OK，大多數人整天泡在海灘。大家都穿上花褲子或紗麗，女人躺在椰子樹下乘涼，旁邊有專人替她們擦指甲油按摩。雍容躺在躺椅中，遠遠看到趙沅平站在海灘的上方，離他的學生有十公尺遠，兩個人都以同一個姿勢看同一方向，男孩看海，他看男孩，趙沅平爲什麼不走近他，和他站在一起？也許他沉浸於自己的觀看，正如同多年前，他觀看著朱湘，沉溺於自己的觀看，卻沒有走過去。她突然了解什麼是心靈癱瘓，那是因爲震驚而失去反應。朱湘跟一般人不同，凡有她想望的她會往前去緊緊抱住，熱烈地愛，絕不會停留在原地，是一個不會被愛與美擊垮的人。而她與趙沅平是同一類人，等著被愛，軟弱地愛，等著被愛擊垮，尤其是被朱湘這樣的人擊垮。

雍容走到趙沅平身邊，夕陽呈詭異的紫紅色，海浪越來越高，遠方彷佛有光不斷閃著，那應是連續的閃電。

「要變天了，回去吧！」雍容說。

「那是世界末日的天色，也許將有一場大風暴要來，來就來吧！就這樣死也沒什麼遺憾！」

「不要吧！我們還可以一起談朱湘，談A鎮。我再也找不到一個人可以談這些，你讓我又看到A鎮，從一個我從不知道的角度，原來它這麼美，我從來不知道。這幾天來我晚上哭了睡，睡了哭，原來我的生命也有一首詩。我只擁有素材，而你將它寫成詩，我相信你一定是個好詩人。我們如此相像，好像是同一個人的男相與女相。朱湘與A鎮，把我們三個人綁在一起，多麼奇妙，我們卻在多年之後才相遇，爲什麼不早點遇見呢，也許我們三個會變成好朋友。如果那個時候，朱湘也愛上你，你們應該很幸福吧。你比我靈敏，已察覺她變成一個女人，而且因她的痛苦而痛苦，如果她知道有你這樣的人存在，她也不會那麼寂寞，那樣渴求著愛，而我無法回應她的愛。如果當年你們在一起，你也不會變成這樣吧！」

「不知道，很難說。偏偏那時我只是個小男孩，我與她的距離，是一個小女人與一個小男孩，多麼絕望的距離。如果在紅樓我們沒有錯身而過，我愛上的是你，你也愛上我，應該也很幸福吧！又或者我們早一二十年遇見，應該會在一起，那也很幸福吧！」

「那等我們下輩子，換一身乾淨的血液，一副新的軀殼，一定要好好相愛。」

「一定！」

「你要努力追我！」

「一定！那時我也許已經學會如何行動如何追求。」

「要好好的相愛一輩子。」

「一定！」

「我就知道人生還是有希望的。」

「謝謝你，謝謝你這樣說。」

那天晚上在睡夢間，海水灌進房間，雍容本能地抓住床板，沒有馬上被水捲走。洶湧的海水一波比一波狂暴，像吸塵器般吸走一切，雍容緊緊抓住床板，直到它被海水沖斷，然後飄浮衝撞，四周一片漆黑，只聽得到哀號聲與求救聲。在洪水中，雍容感覺衣服一件一件離她而去，只剩下內褲，想到將要赤裸地死去，這跟死亡一樣恐怖。她奮力掙扎，心裡慌亂，腦中更清醒，想到趙沅平，他一定是含笑平靜地接受這一切，這樣被決定的死亡正是他想要的。我們的生命被空間決定，她後悔說過這如讖語般的話，不！她不能讓自己跟他就這樣死去，兩人只隔一個房間，應該就在附近吧！用盡所有力氣大喊：「趙沅平！趙沅平！」不久撞到一棵樹卡在那裡，一道如高樓般的大浪眼看就要捲過來。

「救命！救我！」越喊，聲音越悲淒，這該死的泰國之旅，竟然是死亡之旅，如果幸運逃過這一劫，也不要等什麼下輩子，能愛一天就愛一天，管它什麼愛。

不知喊了多久，雍容看到一個人向她泅近：

「朱湘！朱湘！」

他竟是如此喊著。

# 笑臉

作家自殺時，正是總統大選後兩天，他開著自己的三菱休旅車，在慈湖邊自焚，殘骸只剩一點點，像是一個嬰孩或一條狗。自從他失蹤，他太太立刻報警，打他的手機查到他車子所在處，就在車子附近的湖邊，找到那一堆烏黑，只有那頂棒球帽是完好的。

因爲死亡的地點和時間十分敏感，許多人猜測與藍軍敗選有關，有人言之鑿鑿地說，四一三藍軍包圍總統府，曾看見作家戴著棒球帽，穿著一貫白上衣米色卡其褲，擠在抗議的人群中吶喊。但有K作家立刻提出異議，說當時他跟他正參加一場座談會，那是由電腦公司主辦的徵人徵才活動，主題雖叫「電腦與人文的對話」，主要的目的卻是賣電腦，等工作人員介紹公司版圖何其廣闊，又做完搶答送電腦的活動，才輪到兩個作家上場。那時人潮已散去大半，得到一部筆記型電腦的大學生被一群崇拜者呼湧而出，兩個作家原本要談「新世紀小說」，見風轉向爲「談網路文學」。「文學已死！網路不死。以前的小說家在小說中殺死主角，現在的文評家卻在小說中殺死作者，作者已死，沒有人活著。」K作家還記得當時他這麼說。會後演講費領到一千元，主辦單位根本認不出作家，竟拉了一個觀眾簽收據。但作家一直是笑咪咪的，會後K作家邀他同搭一部計程車，他坐在門口階梯上說：「我想在這裡坐一下。」K作家看他坐在階梯上低頭沉思，他感覺他已經自成一個世界。

作家在世時朋友不多，寫文章悼念他的卻很多，葬禮那天來的人更多。沒有第三者也沒有私生子，沒債務也無結冤。「躁鬱症」這個理由立刻獲得大家的認可，在台北文藝圈，得躁鬱症的起碼有三分之一，有睡眠障礙靠安眠藥入睡的，一半以上。這些都是不定時炸彈，每個作家人人自危，大家在葬禮上哭得很傷心，有些人還緊緊擁抱，告別式變成共濟會。

作家的家人在葬禮後，整理遺物，發現電腦文件夾中有一篇未完成的殘稿〈那笑臉少年〉：

那少年出現那天，下著小雨，還飄點風，他低著頭撐低黑傘，差點撞上一輛急駛而來的車，開車的人劈頭劈臉下車痛罵：「你要去赴死，還是奔喪？」他沒回應，遇到屈辱他就是以不回應爲回應。

他固定在週一、二、三抱著電腦到外面的咖啡館寫專欄，連寫三天。通常這時老婆去上班，兩個孩子，一個上學，一個去安親班，家裡一個人也沒有，應該能寫作，但家裡太安靜反而無法工作。習慣一旦養成也就很難改變，這樣的日子也持續好幾年了。手上共有四個專欄，月入近十萬，是許多人豔羨的機遇。一個禮拜只寫三天，其他時間陪妻子小孩，老婆有時加班，他當奶爸當得不錯，孩子跟他較親，爺仨一起到外面吃麥當勞。他堅持不下廚，這是最後的底限，妻子也不愛做飯，替她買個便當回來即可，她回來常是七八點了。

進入時下流行的「雜誌咖啡屋」，就是雜誌多得數不清，東西難吃得要死的咖啡屋，一杯咖啡一百八，坐上一天都沒有人來趕。像他一樣長期賴著不走的，就是一些來K書的中學生，還有一個長期駐站的命相師，他個頭跟作家差不多，面前也立一台手提電腦，亦是敲打鍵盤不停。有時兩人彷彿比賽似地，作同一動作，他大概以爲他是同業勁敵，鼓著臉以行動抵制，想想兩個人工作性質也差不多，都是以虛構人生爲務，而且收取解說費。剛開始一般人都誤以爲兩人是同業，連客人都搞混了。

那天一個年約三十的女子，坐到他面前，拿出一紅包袋，放在桌上，還沒等他開口便說：

「這次我大概活不了，大師，您救救我吧！我們還有沒有希望？請你千萬指點迷津，我眞的……」說著眼眶紅紅的拿出一張淡粉紅紙：「這上面是他的命盤，請你看看。」

他本來不想唬弄她，但想到那命相師一副小氣兮兮、自鳴得意的樣子，便看了那命盤，紫微斗數他也懂一點；

「貪狼、紫微坐命，這個人不僅花，而且是多多益善型，三方四正有鈴星、火星，小人多，他交往的女人不但多，而且會傷害你。」

「就是這樣，三番四次發 e-mail 來辱罵我，又寄冥紙，這也不是第一個了。分又分不斷，有一個算命的說我們是三世孽緣，他是來逼我死的。你看我們發展下去會怎樣？」

「會分，一定會分。這個人是沒救的，你救你自己吧！你先換手機、搬家，搬越遠越好，我打包票不到一個月，他就不會來纏你了。」

「可是，沒有他我怎麼辦？」

他氣得想罵人，但戲還是得演下去：

「他沒有你絕不會死，你沒有他只會更好。」

「是哦！搬家的話，我該往南，還是往北。」

「今年南方有利！」

胡說八道一陣，女子終於走了。他喘了一口氣，看著那令他良心不安的紅包，打開看，兩千元，剛好是一個專欄的稿費，笑了笑，坐到命相師前面：

「給我算算命吧！」命相師瞪他，十分有敵意。

「算什麼？」

「隨便，你什麼較強，就算什麼？」

「八字？」

「民國五十二年十月三日丑時，新曆。」

命相師在電腦上敲打一陣說：

「幼時貧賤，憂患重重，運勢暴起暴落，幼時剋父剋母，長則剋妻剋子。眼前有名有利，但只是虛名虛利，鏡花水月。今年大凶，最近尤其要特別注意，應防小人，有血光之災……。」

胡說八道，他在內心說，看不順眼也不用那麼毒，他丟下那紅包揚長而去。

回到自己座位，亂敲鍵盤，以洩憤怒。

這就是專業作家的生活嗎？他很留心國外的專業作家如何生活，卡爾維諾喜歡旅行，川端康成長年住旅館，可能偶爾也召妓。旅行流浪對作家有益無害，抱著這憧憬，攜妻帶子到日本旅遊。全家出國以孩子爲重，從迪士尼、Hello Kitty樂園一路玩到巨蛋樂園、荷蘭村，每種遊戲平均排一兩個小時，七月天曬得快中暑，在假得可笑的荷蘭村終於跟妻子大吵一頓：

「都是你，我說去法國，你幹嘛來這小日本的兒童樂園，要玩這個，你們來就好了，拖上我做什麼？」

「你什麼就想到你自己，有本事你一個玩，大家分開行動！」

都怪旅途勞頓，加上爲妻兒做牛做馬，還兼挑伕，語言又不通，不敢獨自冒險，什麼伊豆舞孃、雪鄉、越後山前，什麼都沒看見，只有摩天輪、自由落體種種可笑的遊戲，從此再也不出國旅遊，寧可看家，讓妻子孩子出國親子遊。還有那大江健三郎一生大都待在家，陪弱智兒子玩音樂，聽說還出唱片，他整天也跟孩子混，怎麼只有越來越退化，開口閉口：「大寶來，寫功課了！小寶來喝ㄋㄟㄋㄟ！」還有高行健搞劇場拍電影，轟轟烈烈的，聽說還娶一個年輕的漂亮老婆，眞是令人豔羨，在歐美專業作家應該很好過吧！在台灣作家一旦變成專業就很尷尬，要不被視爲商業就是失業，住在鄉下的岳父每看到他就說：「這男人啊！不能沒有工作，暫時失業沒關係，不要失志就好！這阿淑也太辛苦了！」好像他是被老婆養的窩囊廢，看來他也該效法某專業作家接個一百場演講，或搞本親子書之類的。但他是個懶人，只喜歡看錄影帶，什麼片子都看，什麼韓劇、日劇、大陸劇，看到昏天黑地，說是尋找靈感，其實是殺時間。除了專欄，他已五年沒寫小說，專欄談的是時事，性事，近來也寫點美食。美食也有較深的寫法，家族史加上味覺加上性，反應居然不錯。他腦子裡起碼有三本小說要寫，但寫小說是操長線，專欄是操短線，什麼時候停掉都不知道，能寫就寫。算命的說他是暴起暴落的命格，他是不迷信的人，可這暴起不讓他說對了？他是十年前突然紅起來，還被選爲當年的出版風雲人物，靠兩本小說大紅，演講稿約不斷，連他自己都覺得害怕。在這文學蕭條的年代，未免太順利，爲此戰戰兢兢的，任何邀約都不放過，就是不想得罪人，能紅多久他也沒把握。

妻子倒是很支持他當專業作家，知道他除了寫也沒其他本事，反正她的高薪足夠養家活口，有幾個男人像他這麼幸運。眼前的版稅稿費收入不少，全部交給妻子，每天只拿五百元在身上，她很滿意他的做法，對他完全放心。她不知道他偷偷存了五十萬，這是一個男人必須要有的玩的資本。

打開電腦，先看股市行情，這幾年玩股票小賺一點，最近迷期指，打電話給證券行小姐，放空指數。這幾個月政局大亂，指數一直在六千上下盤整，美國聯準會今天又調高利率一碼，股市肯定下跌，他買了兩口，一口就十萬。有時一天輸贏十幾萬，刺激是眞刺激，殺進殺出時，覺得自己青面獠牙跟鬼沒兩樣，必須到盥洗室沖沖臉，不敢照自己的臉。九一一事件時，連跌一千點，他一個禮拜損失近四十萬，嚇到心律不整，天天失眠，四十出頭，不堪折騰了。這事瞞著老婆好些時日，說是寫文章，大半時間在看盤，打電話聯絡證券行，一直要到收盤，一點半後才開始寫，兩個小時解決兩個專欄。寫作就是要逼，這種逼法，讓他的文章有股殺氣，誰也學不來，那是夾雜著罪惡感與自虐與自鄙，透過文字獲得解救。

三年了，窩在這咖啡屋，時間感都變了，時間不是以分秒計，而是以蒙太奇跳接。譬如說，有一對小夫妻推著小嬰兒，大約隔週來，有一天，那嬰兒居然搖搖晃晃向他走來，好像還不過昨天，他還是剛出生的小嬰孩，怎麼就會走了？又有一疑似風塵女郎，常一個人坐在窗邊抽菸，眼角常往他這裡飄，他絕不會把錢花在女人上，但他喜歡這種眼神遊戲，表面鎭定，嘴角帶三分笑，這種遊戲不知進行多久，有一天那女人站起來，挺著約八個月大的肚子，害他差點打翻電腦。時間本身就是好故事，怪不得有關時間的小說永遠寫不完。

三年來唯一的豔遇，是一少婦，大概是丈夫失約，負氣坐到他對面說：

「帶我走，到哪裡都好！」女人哭紅了眼，更顯嬌豔，是他喜歡的清秀佳人。他帶她到女廁裡面，吻了她，愛撫好一陣，少婦就是少婦，乳房眞壯觀，全身像果凍一樣甜嫩，正要進入，看到她胸前刺青圖案，是有翅膀的天使，還有「1989」字樣，他喘著氣問：

「是一九八九結的婚？」

「不是啦，還沒結婚。」

「一九八九訂情？」

「不是啦！」

「第一次？」

「還沒呢！」

「那是什麼？」

「一九八九年生！」

他嚇得逃出女廁，覺得自己滿身臭氣，如何他已來到污穢且猥瑣的中年。

就在這個時候，那個少年就來了，坐在他的對面說：

「你好嗎？你今天好嗎？」

「廢話！你在講廢話！」

「我走了好長的路，你看我滿頭汗！」少年有張蒼白清秀的臉，穿著一件很破的牛仔褲，褲腳都是鬚鬚，白色的T恤已洗得褪色，上面有一黃色太陽狀圖案，也已模糊。臉上手上有些泥，頭髮還有幾根稻草，但少年一點也不介意自己的邋遢，露出百分之百的笑容，他的頭髮眞是濃密又黑。

「你去哪裡？」

「到爸爸的墳墓，你知道有多遠嗎？就在三峽的山上，墳上的草長得很長，我什麼也沒帶，就用手拔，拔到天黑，然後滿山的螢火蟲就出現了，我看傻了，那才叫夏天的夜晚。我躺在爸爸墳前看螢火蟲，看到睡著，等我醒來已經天亮了，叫不到車，我就一路走回來了。」

「你這麼愛你父親？」

「不！我對他一點記憶也沒有，他死的時候，我才七歲。小時候，母親常帶我到父親的墳前哭，她哭我也哭，一整天哪！守寡的女人眞可憐。那時有個文伯伯對媽媽好，對我也好，我眞希望他娶母親，當我的爸爸，拯救我們離開那個墳墓，但媽媽就是不肯。那個文伯伯追媽媽十幾年，還是沒有成功，我想爸爸應該有什麼特別偉大之處吧！讓母親這麼堅持，或者她太愛面子，怕在我面前抬不起頭來。她常對我說：『小齊，媽都是因爲你！』然後又哭了，我但願她不要這麼苦，好像一切是我造成的。她也找不到什麼工作，就是打零工，常常生病，有一頓沒一頓的，早早的就病倒不能走路，我是替她上山掃墓的。」

「你們生活很苦吧？」

「還好！我們母子，一個長得楚楚可憐，一個乖巧可愛，大多數人看到我知道我們的際遇，沒有不同情的，尤其是長輩，常摸著我的頭說：『這麼好的孩子，如果是我的該有多好！』老師更是熱心，我的成績一向很好，老師不是拼命幫我申請免學費，就是找機會讓我賺錢，都是輕鬆的工作，什麼抄稿子校對之類，或者幫我申請獎學金。每個月初，固定有個神祕善心人在家門口放一大袋米，一袋黑糖，媽媽用那黑糖做出許多零食，連肚子痛時，都喝黑糖水。我一直以爲是文伯伯，後來他不見了，米跟糖還是繼續，一直到我高中畢業。」

「貧窮必下賤，看來這句話不可信。」

那少年神色轉為黯淡。

「也有悲哀的時候。其實我不只是去看我爸爸的墳墓，也是去看我弟弟。他小我一歲，長得圓滾滾的好可愛，一雙眼睛黑溜溜的，笑時像鴿子叫，他是我們的開心果。有弟弟的日子，是我們一家最快樂的時期，那時我的世界是完整的，一點裂痕也沒有。弟弟活了六年又一個月，我第一次知道什麼是死亡，那時我七歲，弟弟放在跟雜貨店要來裝酒的小木箱裡，連個棺木也沒有，如果說什麼是貧窮，沒有比那更具體。弟弟死後不久，爸爸也死了，我甚至以為他是傷心過度而死的，死前他要求葬在弟弟身邊。我去看他們的墳，常有衝動，想把弟弟挖出來，看看他現在什麼樣子，然後好好地重新葬他，這個想法，讓我快發狂！」

「說點快樂的事吧！那已是無法挽救的事，死亡是無法避免的。」

「快樂的事，也很多，譬如說讀到一本好書，擁有一張好CD，還有溜冰，冰刀或輪鞋。溜冰的時候像跳舞又像飛翔，我可以在空中連翻三轉，還得過全國大獎，那時跟我搭擋的溜冰公主，才十四歲，我十五。我們穿著閃閃亮亮的比賽服，她喜歡幫我挑衣服，大都是白色，她就像美麗的湖上仙女，樹林中的精靈，我知道她喜歡我，但我偏偏假裝不喜歡她。她有美滿的家庭，有大房子大車子，還有許多玩具衣服，而我連舞衣冰刀鞋都是她替我租來的，跟她比，我一無所有。從來我沒這麼恨過富人，我把對他們的仇恨全發洩在她身上，常常對她大吼大叫亂發脾氣，她都忍著，好像是她欠我的。現在想想，那是一種撒嬌，我都是以弱小可憐的姿態，向這個世界撒嬌，人們樂於施捨我，我的柔弱讓他們覺得虧欠我許多。」

「誰不是擅於撒嬌呢？成人更愛撒嬌，只是方式更粗暴。人是幼稚的，就算老了也很幼稚。」

「是嗎？我以爲只有我這樣！」

「太傻了，我可以感受那女孩有多愛你的。」

「我但願她不要愛我，我的生命是由幾個墳墓構成的。」

「怎麼說呢？」

「下次再告訴你吧，我要走了！」

少年消失在雨中，背後也有個黃色大圓圖案，沒有褪色，這次作家看清楚了，是一個笑臉，眼睛兩個黑點，嘴巴呈下弦月弧度上彎。他記得很久以前，有過一件類似的衣服。

他呆坐到五點，今天妻會去接孩子，他自己回家即可。搭捷運回到中和的家已六點多了，他們還沒回來，他翻箱倒櫃找那件笑臉襯衫，找了半天找不著，這時妻率孩子回來了，大寶二寶一面叫爸爸一面騎到他肩上：

「下來！我要找東西。」

「看你把家裡翻得亂七八糟的，找什麼呀？看你這股勁！」

「你記得我有一件白色T恤，上面有一個黃色笑臉？」

「什麼黃色笑臉？」

「就是我們念大學的時候，流行的黃色笑臉，還有貼紙，大多貼在書包上。」

「哦！那個啊！幾百年前的事了。你找那幹嘛？」

「沒幹嘛！想看看！」

「早丟了吧！我記起來了，我們剛認識的時候，你常穿那件T恤，天天穿，我以爲你從來不洗衣服，後來才知道你有好幾件，黑的，白的，藍的，説眞的，我不是很喜歡，有點幼稚！剛結婚時就把它們全丟了！」

「誰不幼稚？你最幼稚！誰叫你把我的東西丟了，給我還來！」

「你這人怎麼不講理，都八百年前的衣服，又不是黃馬褂！」

「你給我住嘴！」

他賭氣好幾天不跟妻子說話。

今天少年沒來！

他似乎對少年有所期待，期待什麼呢？他連他叫什麼都不知道。

秋天的街道樹掉落一些樹葉，人們踩著樹葉一點表情都沒有。

等待著等待，等待果陀。

台北又濕又冷，褲腳濕，肩頭濕，鼻頭濕，臉部都是水氣，像溺過水的人。

少年還是沒來，冬天到了，人們的臉一半埋在圍巾裡，有一點北國風情，路邊的樹在寒流中還是綠汪汪的，像假樹。

他開始寫小說，是有關記憶、青春，還有死亡。五年沒寫小說，下筆如火山爆發，快如閃電，打字速度根本跟不上，他常氣得打電腦，連期指也不玩了。這時少年來了，整個人淋得好濕，頭髮手指都在滴水。

「下大雨了嗎？」

「是啊！你沒發現嗎？看你這麼專心，我在這裡坐好一會了！」

「拿這擦擦吧！你會感冒的。」作家遞給他一條大手巾，是妻子爲他準備的。

「我是窮人賤命，死不了的。」

「你去哪裡？好久沒見你來！」

「你在等我嗎？像我這麼平庸渺小的人，值得嗎？」

「沒什麼值不值得的，我想問你那件笑臉襯衫，應該有二三十年歷史了，我的早丟了，爲什麼你的還在？」

「那是一件有紀念意義的衣服，就算破了，我也不會丟掉它！」

「如果我沒記錯，那是三十年前，嬉皮年代流行的圖案，有和平與愛的象徵意義，你這麼年輕，怎麼會有那種衣服？」

「我初戀女孩的，就是那個湖上仙子，她有好幾件，這件是她送我的，我一直捨不得穿，她對我明示暗示都沒用，我一律不回應，甚且更冰冷。讀高中的時候，她瘋狂迷貓王、披頭四，穿嬉皮裝，交一堆亂七八糟的朋友，吸菸跳舞搞樂團，讀到被退學，我常到舞會中把她拖回去。有一次她喝得醉醺醺，跟我說：『你幹嘛管我？你是我的誰？你愛我嗎？』我沒回答，打她一巴掌，過沒幾天，她失蹤了，警察在新店山中找到她的屍體，身邊放著一本日記還有一本王尚義的《野鴿子的黃昏》，就這樣我的生命又多了一座墳墓。」

「日記你看了嗎？」

「她的家人根本不知道我的存在，他們眼中也沒有我，日記中都是化名罷了。」

「王尚義《野鴿子的黃昏》我也看過，那不是三十幾年前的老書？」

「她就愛讀老書，聽老歌。」

「她葬在哪裡？」

「南部老家，恆春，墳墓面對著海，她喜歡海，我剛從她的墳墓回來，走了好遠的路。」

「我不喜歡墳墓，連葬禮都不去。」

「有什麼地方比墳墓更能安慰人心？且讓你平靜？我喜歡死人甚於活人，他們既不計較你睡在他們的身邊，又不跟你爭執，他們是退讓的包容的，隨時地歡迎你，他們比生時更美更好，因爲他們活在你的心裡。」

「好了！不要說了！再說就變成戀屍癖了。」

「你很怕死吧？看到屍體很厭惡吧？」

「誰不怕死？」

「我不怕！當你的至愛死時，你對他的死亡亦是愛著的。大多數的死者都是愛的容受器，只有少數在不幸中死去。就算在不幸中，臨死前腦海也會浮現曾經愛過的人的臉。我的初戀女孩，因著我的撒嬌，她跟生命作了更大的撒嬌，她帶著如此的嬌態離去，就算她化成灰，那撒嬌的神態是永遠留存的。人只是象徵物，死亡才是一切。」

「你這麼年輕，難道不想擁有愛情、妻兒、聲聞利享？世上的一切美好你都還沒嘗到呢？」

「想到一切人會死，我寧可不愛不享！」

「你到底是誰？」

「不要管我是誰？你就當我是陌生人吧！」

「我覺得你一點也不陌生。」

「我愛陌生人，我又要走了，這一次我很快就會回來。」

作家回到家裡，妻子故意裝作沒看見，書桌上壓著一封信，是他在大學時代寄給妻子的信，信尾貼著黃色 smile 貼紙，時間是一九七九年，那一年他大二，剛在熱戀中，信上寫著：

至愛的淑

從母親的新墳回來，這不知是第幾天了，每天去跟母親拜別，說明天不來了，可還是天天來。她在的時候，母子少有言語深談，此刻卻有千言萬語訴說不盡，啊！至愛的淑，天地共鑑，因為愛你，我才知道如何愛母親。母親為我吃了很多苦，但我從不知感恩，甚且是忤逆的。父母子女之間是生物性的愛，非靈性的愛，這是年少輕狂時的想法。現在我覺得我應當老了，老得把眾生當孩童，孩童亦孩童，只因我已是無父無母之子，我要替代母親活著，然後愛你，愛眾生。我已死於昨日之童騃，死於昨日之蒙昧，我的心從未如此清明，天上的明月星辰，地上的江河大海，都不會阻擋我的決絕與清明。至愛的淑，如果你沒有給我一個女子清明且靈性的愛，我絕無法了解母親，她亦是一清靈女子呵！如果不是你，我也無法從喪母之痛中振作，此後是你我二人的世界，那亦是清明的世界，一如今晚的皎月。

百事可樂！

p.s.：貼上這你喜歡的貼紙，看到它我的笑亦隨之綻放。

他走出書房找妻子，她正陪孩子作功課，散亂的頭髮夾個鯊魚夾，浮腫的臉有點癡呆，她的清靈早已被粗糲的現實磨光了。這應該怪他，愛情長跑十年，沒有上過一天班，都是靠妻子供應，她像母親對孩子一樣寵愛縱容他，當年的胸襟抱負，與其說是自許，不如說是期許於她。她眞的老了，遠比她的年齡蒼老。她越來越像他的母親，死去的母親。

那少年再來的時候，渾身是泥，看起來更瘦弱蒼白。

「我知道，你這次來，是要說母親的墳吧？」

「不是，我在挖自己的墳，就在父親、弟弟、母親的旁邊。」

「火葬不更好，燒一燒就完了，何必那麼麻煩？」

「那只是一種體驗，我只挖一尺與六尺見方，然後躺在裡面看天空，心裡很平靜，怪不得宗教家的修行就是冥想自己死的樣子。」

「你母親死的時候很痛苦吧！讓你變成這樣。」

「我以爲會，但反而覺得自己了無牽掛。從小我最恐懼的莫過於母親的死，以至於時時生活在巨大的恐懼中，等到那一天眞正降臨，好像卸下重擔，從此我是我自己一個人的，沒有什麼能讓我害怕。」

「母親死的時候，十九歲，感情最清純的時候，才剛開始知道如何愛母親，她就走了。在奔喪的南下火車中，行過山洞，我躲在廁所放聲大哭，像稚子一樣不斷呼喊著母親，尚且年輕的母親，在我的心中像觀音一樣聖潔美麗，一點也沒被世俗汙染，這是唯一值得安慰的地方。如果她很老才走，我一定是不孝子，我太自私了。」

那少年……

小說寫到這裡停住，作家沒有留下遺書，那這篇小說算是遺書了，他是不是透過這故事預演他的死亡，或者他眞的遇見一穿著笑臉T恤的少年。作家的好友M作家說：

「那少年是他年輕的自己吧？他就像死前的海明威或川端康成，沒有辦法容忍自己失去靈感，再也寫不出好作品，自己創作死亡。」

另一個R作家說：

「自焚有濃厚的宗教意味，他應該是信服那種邪教吧！」

K作家說：

「八成是走火入魔，寫作很容易撞邪。」

作家的妻子說，作家死前，他們確實爲了笑臉襯衫爭吵，不過隔兩天就和好了，甚至對她比往日體貼溫柔，她年輕時也沒有收過他貼有笑臉的情書。她又說他沒有夭死的弟弟或初戀情人，父親是前年才過世的，母親還健在。那是不是玩期指過火欠下大筆錢呢？查他的交易紀錄，只買三兩支績優股，一年進出三兩次，有的放好幾年沒動。存摺上只有五萬多，看來玩期指也是虛構的。

作家的骨灰供在佛寺，媒體追蹤一陣子，沒有找到答案，幾個朋友跟記者去探作家父親的墳墓，在新店山上，幾個荒墳已被野草掩沒，有一個墓碑還倒了。作家父親的墳算是較完好的，墓前還有一束枯掉的花，可能作家死前曾來祭拜過。旁邊沒有親人的墳，只有一座小小的荒墳，墓碑上的名字跟作家無關，上面有一張模糊的照片，擦去污泥，露出一張少年的照片，他穿著胸前有黃色笑臉的T恤，死於一九七九年，享年十九。

這少年跟作家有什麼關係呢？眾人查問許久也問不出所以然。K作家說：

「我就說是撞邪嘛！他一定是來掃墓時，被少年的陰魂纏身，被拖去作伴。」

M作家說：

「我還是覺得是創作瓶頸，你看他的小說沒有寫完，這篇小說很難收束，他常一個人窩在咖啡屋，幾乎沒有社交，怪不得寫這種小說，所以說，創作是不能與世隔絕的。」

R作家說：

「寫作本來就是死亡風險較高的職業，我們以此互相警惕打氣吧！」

作家的死因還是不得而知，新聞喧騰一陣子，再也無人聞問。

作家跟隨著少年走到海邊，兩個人以同一方向同一姿勢看海，黑夜中的海面是深沉的灰黑，只有一些銀白點點閃爍著，作家說：

「我以爲黑夜中的海也是藍色，沒想到是黑色，像夢中的黑海。」

「光線會改變一切，在黑夜中一切都是黑的。」

「那麼，那爲什麼你是白的亮的？」

「你也是啊！」

少年笑了，那笑臉如滿月般瑩亮。

# 惡靈

## 廟公子

「廟公子，怪老子！」

每當村中小孩在背後如此取笑我，我包準撿起石頭丟人，因長期練習，我的石頭總是神準地打中那位帶頭的人。下次他們又改口：

「廟公呀仔，了尾呀仔！」

這下子我氣得萬石齊發，讓他們一個個哀哀叫抱頭鼠竄。長大以後，村童再這麼叫，我不再打人，改以瞪視警告，孩子往往被我凶神也似的臉嚇跑。這名詞雖不全然是恥笑，我卻討厭被冠上這個頭銜。

不知從哪一年哪一月我們家跟媽祖廟有牽扯不清的關係，可以追溯的是曾祖父是廟公，祖父、父親也是廟公，連我們住的地也是廟產，家裡是每日一小拜，五日一大拜。鄉裡每有進香團，父祖都是領隊，小時候不知所以跟了幾次，後來看到進香團車隊就想吐。我抗拒這種讓我羞恥的血緣，十分恐懼這帶有世襲性的職位落到我頭上，從小我就拚命念書宣告我要當醫生。我是無神論者嗎？我自己也不知道。每當我穿梭於金碧輝煌的媽祖廟建築，看著那些眼神渙散的善男信女人手一把香，香煙熏得睜不開眼睛，被祭拜的媽祖神像早已被熏得發黑，廟的建築在我看是俗氣不堪，牆上的浮雕刻著二十四孝，飛簷上站著八仙，屋頂上繁複的藻井看得人精神錯亂，走廊上兩根大龍柱噴著金漆，圍著鐵條。過多的顏色與圖案將廟的每一個地方塡得滿滿的。我只喜歡後殿的四尊木造羅漢造像，不但姿態生動，臉上的表情尤其猙獰恐怖，猶如置身煉獄的厲鬼，不知是哪個天才藝匠的作品。

廟始建於道光年間，民國三十三年重建。廟側堆著石碑，說明這廟的歷史與靈驗。聽說是求子求姻緣特別靈顯，後殿中央安著有一大截五尺高的斷木，遠遠看去彷彿地上長出來的，順著斷木可落入一地洞，日據時代以前是密室，傳說林爽文事件時，多位起事者曾窩藏於此，安然躲過追捕，因此被視爲媽祖庇佑的靈洞。聽說由樹木滑入地洞，再順著靈木爬出來可以轉運祈福，香客爲此不遠千里而來，就爲轉運，年深日久，樹木已光滑如人體肌膚，這算是這間廟的唯一特色吧！年少以前我常在這靈洞爬起爬落，如果眞可轉運，我恐怕可以攀上九重天了。焚香爐邊，還有個鼓樓，是我小時候最常遊玩之處。也是在這裡我讀完川端康成的《金閣寺》，金閣寺在小和尚的眼中是美的化身，而媽祖廟在我那追求理智的心中卻是醜的化身。我想像的廟宇應有著空純潔白之美，而媽祖廟吸收了無盡人間煙火，就像那發黑的焚香爐，說有多髒汙就有多髒汙。如果有一天我一把火燒掉它，那一定是忍受不了它的俗氣與醜陋。我嚮往的是方正潔白的醫院，穿上方正潔白的醫師袍，不能忍受任何髒汙。如今我如願當上醫生，擺脫家庭命運，進入方正潔白的大樓，娶了一個護士出身純潔的處女，擁有一棟潔白的西式別墅，連我的賓士也是雪白。

家人對我放棄希望，於是寄望於瞎了一隻眼的弟弟健人，他年少時與人打架弄傷一隻眼，從那時起，他自稱能通鬼神，扶起乩來也蠻像一回事。他那隻殘了的右眼變成灰白死寂，所有的生命力似乎集中在完好的左眼，油黑深邃且精光四射，從右臂到後背刺了一條青龍，作法時那條龍彷彿會飛。他算是好看精壯的男人，卻因此自卑不敢接近女人，高中畢業就一直在廟裡幫忙處理廟務。

我的父祖不知是信仰的關係，還是善於養生，都很長壽，曾祖父活到九十，祖父今年九十一還健在，更顯得六十出頭的父親活龍一條。我常說他得了祭拜強迫症，每天清晨他架著業已不良於行的祖父，爬到四樓佛堂拜拜，拜完了觀音，再拜媽祖，然後是歷代祖先，祭拜費時一個鐘頭以上，然後再把祖父架下來，到廟裡又是拜一天，傍晚回來又架著祖父到頂樓拜一小時。因長期密集祭拜，他一個人時也是像乩童一般口中念念有詞，走步一如八家將，他是眞的會作法，但是不勞他來作，廟裡另有乩童。

「我要去宮裡！」每天他不斷重複這句話，我們家都不叫廟，而叫宮，好像要到皇宮上朝。我心中生起一把無名火，這看似名譽的職位，隱藏著多少變形的欲望與寄生關係，像一個累世腫瘤越長越大。我爲此流過自羞的眼淚。

祖父得老年癡呆已有十幾年，我深怕他哪一天再爬樓梯拜拜時，心臟病發，但這個家沒有我說話的分，在他們眼中我還是不懂事的小孩。我每逢拜拜總是三七五減租，任何人都看得出來我在應付，祖父一抓住我就是不放，這一講就是一兩小時，偏偏他認得我：

「你不是阿健文仔嘛？那個背骨的金孫，你幾歲了，十七嗎？瞎米？三十三？我呷汝講，人不能忘本，我們住的是媽祖地，吃的是媽祖米，你知道什麼是報應？我少年時，也是九裡九怪，在媽祖宮裡放鞭炮，大人講也講不聽，天不怕地不怕，誰不知半夜裡廟起大火，我們的老厝在廟宮後面，這下子，宮嘸去，厝也嘸去，流落街頭哦！你阿祖叫我跪在媽祖面前一天一夜，從那天起，我重新做人了，管理委員會一再筊杯，在媽祖面前放了好幾個名字，還是要你阿祖當廟公，另找地點重起大廟，媽祖宮的舊址就讓我們起厝，我們是媽祖飼媽祖生，你知道嗎？」

這是版本一，業已失智的祖父，每隔一段時間就會換一種說法。

「那是日本時代，日本人說我們拜媽祖是迷信，要拜就要到神社拜天照大神，把所有的廟都毀了。我們是唐山過來的，怎能不拜媽祖？大家偷偷拜，把廟宮弄成像民宅，那時我們家前面是廟，後面就是我們的老厝。只有門口擺個香爐，有一暝日本刑事層層包圍我們家，我雄雄醒過來，宮起火了，是日本刑事放的火，沒有人敢來救火，一座宮眼睜睜就被燒光了，老厝也沒了！這日本時代，眞不是人過的日子！連拜神都沒自由！」

一個版本講了幾年又會換另一個版本：

「我少年時，眞背骨，不肯拜拜，常常被吊起來打。那時的人都比賽誰最會教子，教子就是打子囉，有綁起來打，有鎖鐵鍊的，像我這被吊在媽祖宮前打的，算是第一名啦！有好幾次被打昏過去，清醒過來爬上鼓樓，恨不得把鼓打破，把全村的人都招來了，我阿爸又是當眾一頓痛打。那天晚上我抱了一堆乾草就在廟裡燒起來，沒錯！廟是我燒的，但大家沒有把我送到日本警察局，怕我一個十五歲少年，進得去，出不來，一間廟燒到剩一堆黑炭，嚇得我吃不下睡不著，一直夢見媽祖婆在罵我，我跪在自家媽祖神前拜懺，發誓從今以後要敬神拜神……」

到底是哪一種版本沒人追究，歸納起來，只能確定曾有一場火，燒毀舊媽祖廟兼我老家，之後我們在原址蓋了新家，新媽祖廟移到我家對面。實際追究起來，何只是一場火，廟的香火本是隱藏的炸彈，日本的名刹多毀於火災，台灣的大廟則多毀於政治。清兵來，燒荷蘭人西班牙人教堂；日本人來燒名刹古廟；國民黨來又燒毀無數日本神社。從廟碑上記載咸豐年間、光緒年間皆經歷過火災，廟址也已三易其地。滄海桑田，劫毀重生，日本人在時媽祖廟沒落，日本人走了媽祖廟日漸興旺，其訛亂興衰一如台灣人的命運與歷史。我遺傳祖父的背骨與歹性情，雖然他最疼我。邪惡與神聖是共生的瘤，在越神聖之地越會開出邪惡之花。我相信這點，每有法會，廟埕上總會掛著十八幅繪圖，上面繪著十八層地獄，台灣人的天庭概念是皇宮的縮影，富於世俗性，卻缺乏想像力。地獄圖卻具有驚人的生命力與眞實感，看那在刀山地獄穿腸破肚的鬼魂，看那在油鍋中求救無門的厲鬼；還有拔舌地獄中舌頭被拉得老長的倒楣鬼；那些永世不得超生的惡靈啊！你們擁有的永恆比神仙的永恆更永恆，你們不是爲了襯托神聖而存在嗎？每次法會中有什麼活動，我皆無興趣，只有那十八幅地獄圖，深深地吸引我，令我觀賞不足。

每年媽祖出巡，小小的鄉鎮湧入成千上萬信徒，神明所到之處，善男信女跪地膜拜，家家戶戶擺流水席，非鬧個一兩個禮拜不罷休，那盛況只有瘋狂能形容。那時節，父祖穿戴著印有媽祖廟字樣的帽子和夾克，身上還斜背紅綵帶，走在行伍前吆喝領隊，好不威風。爲了出這風頭，幾代人的生命全投擲進去，祖父爲了一場火耿耿於懷，這說明他的生命如何空洞無物，只剩下那座俗麗的廟宇。我的家族依廟而生，逐媽祖而居，縱有疏忽之處，鄉人無法找到足以替代吾家的人。祖父皈依媽祖之後，成爲最稱職最誠心的廟公，他不但嫻熟廟務，解籤詩也是一絕，他的漢文底子好，鄉人每有孩童出生多由他命名，什麼五行筆畫典故無不兼備。現在的他只能坐在輪椅上打瞌睡吃膨米香，沒有牙齒的他，只能用含的，吃得滿臉都是口水米粒，一不留心他就推著輪椅偷溜出去。有一次我找老半天，在廟口看到他在打香腸，手舞足蹈一直叫：「過五關啦！」我在眾目睽睽下把他推回家，羞愧得不敢抬頭。

我的母親受教育不多，天生的純良性情，使她散發女性的甜美溫馨，只有面對她，才能感受人間的清涼美好。她也信佛也祭拜，但她把佛理落實到生活，待人寬厚，通曉事理，讓鄉人信服，不管是撿破字紙的婦人或菜販，日日坐在我家廳堂喝茶聊天，與有錢有勢的貴客，一視同仁。我的劣性歪想，她最是了解，只有她能在我模範生的外表下，看出我的頑劣。她也不說教，就是時常帶我到菜堂跟那些老尼姑送米和說話，她們的話語皆無火氣，說的皆是平常事，卻能讓人心靜。母親每次離開時總會說：「等我老了，送我到這裡作菜姑。」

## 白色天堂

十三歲時，我偷偷把家裡的神像丟到河裡。我以爲神不知鬼不覺，誰知神像浮出河面，被鄉人拾獲，送到媽祖宮，父親把我關在鴿舍裡一天一夜。等放我出來時已經發高燒，得了據說是由鴿糞傳染的惡疾。母親背著我到台中市大醫院求醫。我第一次進大醫院，看到這麼多穿白袍的醫生和護士，住在雪白的病房，如同進入天堂看到天使，我的身體和心靈整個好像被消毒乾淨，我的邪惡與破壞力，也被消毒得無影無蹤，就在那時我立志當一名醫生，住進那白色天堂。出院後，我變乖也變沉默了，常到鼓樓上讀書。然而母親常說：

「要去你這一身壞，我只有去當菜姑念長年經！」

十四歲轉大人，腦子不時浮現淫念，有一次在媽祖宮後殿玩，撫摸著那如女體般滑嫩的斷木，我竟興奮得昏死過去，滑落靈洞而久久不醒，等我醒來，看那只容兩三人站立之狹小密室，黑暗無底，似乎我也被那黑暗融化吞噬。還有一次，母親午睡時，薄薄的夏衫露出半邊乳房，我在床前呆立許久，望著那雪白的胸脯發怔，母親輕吟一聲，忽地轉身過去，我嚇得往外逃。那幾天我注意母親的神色是否有異，但見她言笑如常，我才稍稍放心。隔年母親將我轉入城裡住宿中學。我被母親用委婉的方法驅逐出境，這埋下母子難解的心結。

我在寄宿學校發憤圖強，爲拿各項第一不要命地念書，遇有淫想時就繞著操場跑，那常常是半夜，有時一跑就是三千公尺，因此同學都叫我「讀書瘋」。母親偶爾會來看我，拿些我愛吃的食物，當她拖著菜籃車從校門口走進來，我恨不得躲起來。母親在我那日漸嚴苛的眼光中，不過是村俗的普通婦人，我希望她長得體面一些，穿得時髦一些，但她穿得粗俗不堪。說話時我不時地看時間催她回去。她倒是氣定神閒，逐項向我報告，父親如何，祖父如何，廟裡如何，又說很放心我在這裡讀書，我怨毒地回她：

「我像犯人一樣被關在這裡，你當然放心！」

考上T大醫學系，家裡放了一天鞭炮，光鄰居送的鞭炮就有十幾串，酬神演戲三天，我終於可以光光彩彩地回家，但這個家讓我看來處處不順眼，廟宮更是粗俗得可笑。母親與我的關係緩和一些，因爲我開始交女朋友，也有人因我考上醫科提早來預約親事。我帶著二十萬元上台北註冊，因爲花錢大方，結交了一些狐群狗黨，其中有一個有嫖妓習慣的「炮王」，經由他的帶領，我將第一次獻給一個又肥又醜的妓女。這之後，我偶爾嫖妓，收集一些奇奇怪怪的保險套。有一次母親來，看到我那豐富的收藏，她也不動聲色，開始爲我積極相親，她找的女孩都是又土又醜，逼得我趕快找女朋友。女朋友發現我瞞著她去相親，氣得跟我分手，我又馬上找到遞補者，好像在跟母親比賽似地，她越給我安排相親，我的女朋友就越交越多。

只要是我找的女朋友，母親總要從中阻撓，我挑中的她就是看不上，越是這樣我越要與她相違抗。男人與女人最大的距離是性欲，在那閉塞的鄉下，最親近的女人往往是男人性的啓蒙者。我從未原諒母親對我的殘忍與驅逐。她討厭我找相貌豔麗的女人，提醒我娶妻娶德，我卻偏偏要重色輕德，她總說：

「娶水某才知苦，你看女人不要只看外表！」

照理來說，醫生面對的不是病人就是死人，比較不重視外表，一方面因爲工作的關係，長時間不在家，一回家就睡倒，娶個漂亮老婆怕守不住，等於給自己找麻煩。我認識的同學大多娶德不娶色。但我偏不信邪，我的女朋友一個比一個漂亮。我覺得只有美色足以對抗死亡。上解剖課時，一具捐贈的大體十分年輕美麗，十八歲未婚死於血癌，當掀開白布時，大家發出驚嘆的叫聲，死亡不僅沒有剝奪她的美麗，反而增添淒豔的悲劇感，彷彿那美仍頑強地活著。當老師剖開她的肚腹，揭示人體的五臟六腑，你無法想像這麼美麗的身軀，包藏著如此醜陋的內在。我差點吐了，然而那也是我們的內在，也是所有動物的內在啊！

那之後我好像長了一雙X光眼，看人，尤其是漂亮的女人，我也看到她們的五臟六腑，這多少打消我對她們的欲望。但我也看到無數的腺體圍繞著人體，唾液腺、淋巴腺、甲狀腺……，這麼多的腺體掌管著人類的感情與情緒。尤其是腎上腺主宰著愛的神祕訊息。然而哪個器官掌管著人性的善與惡？是大腦嗎？我相信人性本惡，人的內臟系統是醜陋的，它埋藏著惡的因子。可是嬰兒的外表又是最美的，美的概念因此產生。應該說人性是內惡外善，我們的皮肉卻掩蓋了這事實。當我還是無知小兒，我就知道自己內在的邪惡，我不對抗它，越對抗越糟。教育和修養都不能改變人性本惡這事實，只有讓人更虛假。像我母親那種人，就是先洞察人性之惡，才能行人性之善。她是了解我的，但卻不愛我，她更愛弟弟健人，因為他們是同一類人。

既然母親不能眞實愛我，我要找一個讓母親不悅而我悅的妻子來反抗她。我承認我是好色之徒，只愛擁有美麗外表的女人。因為人的內在只能走向腐朽，人的美色卻可抓住一剎那的永恆。

## 雪芬

也是這樣，一直到要結婚了，才帶雪芬回家，她不知哪兒聽來說我家是做師公、土公，我氣得想打人，一再更正「是廟公，要拿三個有名望的人讓媽祖挑選筊杯的廟公！」雪芬說：「廟公就廟公，和師公土公有什麼區別，幹嘛生這麼大氣？」

「差很多，廟公是榮譽職，拜神的！師公土公是伺候死人的，你懂什麼？不准在醫院提我們家的事！」

「是是是！」雪芬是很怕我的，我就是要讓她怕我，她是一個十分不安全的女人。

雪芬一進醫院，豔驚四方，剛從護校畢業的她長得一張明星臉，一雙勾魂眼，有人說她長得像田麗，皮膚又白，身材玲瓏有致，追她的人不知有多少。越是這樣我對她越凶，她每次看到我都戰戰兢兢，我對她擺臭臉，其實知道她喜歡我，我要挫敗她折磨她讓她對我唯命是從。有一次值班，加護病房病人危急，護士 call 我，幾個住院醫師過來作CPR，我那時還是總醫師，劈哩啪啦先亂罵一通，才吩咐下去做東做西，尤其針對雪芬大吼：「你是幹什麼的？吃閒飯的！血壓一直掉，心跳快沒了！如果病人怎樣你也別想幹了！」雪芬嚇得躲在一邊哭，等病人情況穩定住，我推雪芬進值班室，用嘴吻她的眼淚，然後命令她脫下內褲，我做愛來得快去得快，做完她的眼淚還未乾，內褲沾著血。醫生在醫院待的時間長，壓力又大，我跟雪芬在廁所做，牆角做，一切可能的地方做，不到三個月我們就訂婚了。醫院都說我是閃靈手，惦惦偷吃三碗公半。這樣的女人不快攻，很快就會被追跑，更何況我根本沒時間追求女人。

第一次帶雪芬回家，爸爸偷偷告訴我：「這女人邪裡邪氣，是個禍水！」母親更是反對，板著臉跟我打冷戰，我哪聽得進去，沒多久我們就結婚了，那時她才二十一歲，小我十歲。婚後，我不要她出去工作，雪芬有著比面容更爲豔麗魅惑的胴體，越與她做愛越久越沒安全感，這樣的女人必須好好藏起來，身體也要嚴密包好。只要她穿稍露一點，我不由自主的大發脾氣。我規定她出去只能做臉、買菜、回娘家，最好還是傳統市場，那裡都是歐巴桑，很少男人在那裡活動。連想學開車游泳都不准。於是她整天看東森購物台，買回一大堆垃圾。錢倒是隨她花，爲了補償她，我常送她高價珠寶，但她天天嚷著：「我要包包，尤其是ＬＶ櫻花包！」什麼是櫻花包，問醫師助理，她說是現在女人最哈的夢幻包包。我要她幫忙買一個，包包到手，雪芬從來沒那麼開心，拼命親我，原來女人迷包包迷成這樣，眞是搞不懂！雪芬有了包包，要名牌鞋子、衣服，只要錢能打發的，我盡量滿足她，誰叫我沒時間陪她。我吃飯三分鐘，做愛也是三分鐘，雪芬雖不說什麼，但我總感覺到她失望的神情。

雪芬在家無聊，很想生一個孩子，她有不易懷孕的體質，我的精子活動力也不足，但她不死心，長期跑「龍鳳科」（國內的婦產科求子必應，連海外的人也要回台灣生小孩，故名龍鳳科），作過無數次檢查，差點要作人工授精，終於懷孕。有了身孕的雪芬，臉上常掛著幸福的笑容，原來一個女人最大的夢想不是嫁個好丈夫，而是擁有自己的小孩。我對小孩興趣不大，在婦產科實習時，曾經一夜接生三個嬰兒，在女人的產門中穿來穿去，在痛苦中哀號的女人，猶如地獄中的厲鬼。生路和死路差不多，一樣痛苦一樣漫長，一個孩子要掙脫出產道，和一個臨終的人要嚥下最後一口氣，所需要的時間一樣長，有的要三天三夜，有的只要幾小時。但死亡起碼是寧靜的，生產卻像戰場一樣吵鬧，實習未結束，我已決定不走婦產科，而改走較單純的腸胃科。

懷胎七月，雪芬有落紅現象，羊水也破了，送去醫院，孩子得提早引產，是男孩，只有巴掌大，四百五十公克，放在保溫箱，還來不及取名，活不過一個月就死了。雪芬天天去看那小東西，看到發癡，捨不得離開，聽到他死了，還抱著他不肯放。雪芬堅持買個小棺木埋在漂亮的公墓。孩子都落葬了，她還是躺在床上不吃不喝，不安慰她還好，一安慰她就放聲大哭：「我要去找寶寶！把寶寶還給我！」遇有打雷下雨，她更像瘋了一樣大哭：「寶寶怕打雷，媽媽抱抱！」說著就要往外跑，我只有請岳母來看住她。

一年一度的媽祖生又要到了，爸爸不斷打電話催我們回家，我好不容易排出兩天時間，帶雪芬回鄉。依照慣例，迎神大拜拜連續七天，全村的乩童都出動，健人發乩時特別瘋狂，釘球打得全身是血，又跳到別人家中，驅逐鬼祟。我以爲雪芬會怕，她看得目不轉睛，那天晚上吃飯時，雪芬凝重地問健人：

「人死後到哪裡去呢？」健人垂著眼睛不敢看她。

「那要看他作惡作善，作善的變神仙，作惡的變厲鬼。不惡不善的投胎成人。」

「如果是初生的嬰兒呢？」

「他會再投胎吧！」

「馬上嗎?」

「不一定,看各人造化!」

「我的寶寶才死一個月,你可以幫我問問嗎?他連話都不會說,我幾乎天天夢見他,好像捨不得走,要跟我說什麼。」

「這要大家同意。」健人謹慎地說。

「我看你就想開一點,他早走了!」聽到我這句話,雪芬臉色大變,眼淚直流。

「我看算了,越問越傷心!」母親話沒說完,雪芬霍地起身回房痛哭。

「我替她問,先不要告訴她!」健人說。

「我不信這個,你不用來攪亂!」我大聲吼叫。

那天晚上,勃發的性欲令我不斷糾纏雪芬,她蜷曲著身體,雙手緊抱胸前,抗拒我的求歡,糾纏一陣,竟自己洩掉。之後久久不能入睡,我鬱悶地走出房間,天色微明,爬上頂樓陽台,白色的鴿子群飛,似乎喚醒我那沉睡的鄉愁。小時候哥兒倆,常一起揮著三角旗,呼喚鴿子回籠,有鴿子的天空代表著我既甜蜜又憂傷的青春。佛堂的燈亮著,我看見健人在扶乩作法,手臂上的青龍隨著他的身體抖動,我莫名其妙流下淚來,那是什麼樣的眼淚，我說不出來，太複雜，太複雜了！

隔天回台北前一起吃中飯，吃至一半健人說：

「我問過了，囝仔說他住的那個陰宅有孤魂野鬼纏住他，欺侮他，沒有人幫他，只有找母親求助！」

「你不要在那裡亂講，人死了，就是死了！什麼都沒了！」我激動地說。

「隨便你！」健人用那僅存的一隻眼睛炯炯盯人。

「我要把寶寶遷到祖墳邊，靈位供在媽祖廟，有祖先跟媽祖陪他保佑他，我才放心！」

「不過是嬰兒，幹嘛這麼費事！」我勸雪芬。

「你沒有懷胎十月，你不知道，這母子連心……」雪芬說著又要流淚。

「好啦！就依雪芬的意思，聽起來眞可憐！」父親發話了。

在我們家，父親說的話就算定案。不久寶寶的墳安置在祖墳旁，父親還爲他命名「許效先」，刻在墓碑上，這整件事我覺得很荒謬，一點參與的意思也沒有。雪芬三天兩頭往老家跑，因爲早夭的孩子，夫妻關係越來越冷淡。雪芬不讓我碰她的身體，也不再在意我的想法，日子久了，我懷疑她有別的男人，想到她雪白的胴體躺在別的男人懷中，我在夢中都會驚醒。

從那時起，我常夢見媽祖廟，奇異的是它在夢中顯得特別寧靜美麗，所有的東西都在發光，廟裡面一個人也沒有。我走進廟門，坐在廟堂上的神像，像一尊玉佛，四周暈著月華也似的光輝，我呆看許久，然後走到後殿，那裡陰森森的，幾尊羅漢露出恐怖的神情，彷彿看見什麼可怕的事物。我爲什麼著迷於這裡的景象，因爲它表達著地獄的概念，這裡就是地獄的縮影。我撫摩光滑的樹身，看見地洞裡，有一對裸身的男女正在交歡，那雪白的肌膚是我一見難忘的雪芬的肉體，男的看不清楚，但那飛舞的青龍……，每夢到這裡我就醒來，流了一身汗。

爲了證實這一切不是幻覺，我僱請徵信社，以一天一萬五的代價，跟監雪芬，不久，先是拍到雪芬在孩子墳前哭泣，然後在媽祖廟拜拜，一個人之後是兩個人，健人與雪芬很親密地走在一起，雪芬的頭靠在健人的肩上，健人抱著雪芬進樹洞，在鴿舍中親吻……。夠了！他們到底要欺瞞我到幾時，這對亂倫的狗男女應該遭千刀萬剮！

有一次我故意在家等雪芬回來，她看到我並無畏懼的神情，不貞的女人散發一種獸類的氣息，彷彿變成另外一種動物。女人有三變，青春期，生育期、更年期，應該還要加上偷情期，偷情令女人變得大膽無恥，怪不得人稱姦夫淫婦爲狗男女。我滿懷厭惡連抽雪芬好幾個巴掌，她的嘴角滲著血，仍然仰著頭看我，我怒喝：

「你哪個男人不找，姦上我弟弟？」

「你要怎樣隨便你，你這奸險的男人，你派人跟蹤我，以爲我不知道，你越是這樣我偏要做給你看！反正你這個人冷酷無情，還加上性無能，你知道我的苦嗎？」

「你穿金戴銀，你有什麼苦？」

「我連隻狗都不如，狗還有自由，我像你的囚犯！告訴你！你關我越緊，我逃得越遠，寶寶死了，我的心也死了。」

「你連騙我都不肯，你騙我，表示心裡還有我，你這樣明目張膽是在逼我殺你！」

「你殺啊！你用你救人的手來殺我吧！」

「你不要再回老家，不准你再去！」說著我把房門反鎖，叫工人來作一扇鐵門，就這樣，雪芬被我鎖起來。

接著我把事情告訴父親，他大發雷霆：「怪不得三天兩頭往這裡跑，兩個人同進同出，向天借膽，人在做，天在看，他們就不怕天打雷劈？」

我說：「你告訴他，大家都要面子，如果連面子都不要了，我也顧不得親兄弟了！」

雪芬被我關了兩個星期，這期間健人大都待在廟裡，被父親嚴格監管著。母親求神拜佛，還不斷苦勸健人。岳母本是替我看門兼送飯的，沒想到放走了雪芬。她一獲自由又往老家跑，我一發現馬上開車追去，我在公事包中放了一把刀，然後尾隨雪芬回家，一路上我的腦中極爲混亂，我到底想殺誰？也許殺了他們兩個，再殺我自己；或者只殺自己，要死也要死在自己的故土上；或者我只是用它來表示自己的憤怒，我絕沒有用刀殺人的勇氣。從沒想到一個女人會帶給一個男人這麼大的痛苦，我不是浪漫的男人，然而這攸關自尊、榮辱、使命，不道德的人應該受天譴，我不過是替天行道而已。人世中眞有天堂與地獄，或許也眞有鬼神？我曾經擁有接近天堂那般的快樂嗎？不確定，但我確定此刻我如同置身地獄。

## 地獄之火

那一天的晚霞特別瑰麗，彷彿長滿血紅珊瑚的深海，我像一隻小丑魚慢慢游進珊瑚叢。回到家，家裡異常地平靜，祖父彷彿很累滿臉是汗坐在輪椅上睡著了，我坐在他面前發呆，一直到他醒過來，他的面容無比慈祥：

「阿健文仔！你怎麼回來了？你不應該回來！」

「爲什麼？」

「有代誌要發生了！今天的天色就像七十年前那天晚上，神明發威，大難臨頭，你緊走！」

「你有看到雪芬嗎？」

「有……，嘸！你不能去！」

「去哪裡？」

「宮裡！」

聽到這裡，我丟下祖父，急急趕往對面廟裡，我的腋下夾著一把刀，我要完成上天賦予我的使命。到廟宮找他們，皆無人影，就像夢境一樣，我走到後殿，在樹洞邊看見有人在裡面。我搬來廟裡的善書，金紙銀紙，然後投擲到樹洞中，倒了一點預備的酒精，拿出打火機點火，我要填了這淫洞，洞裡很快冒出煙火，我快速離開媽祖廟。我敢發誓絕不想燒毀媽祖宮，只想燒死那對狗男女，那把火絕不至於燒掉整間廟。然而就在我跨出廟門時，背後轟然一聲巨響，廟宮起火了！火勢無比凶狠，彷彿中了炸彈一樣，接著是救火聲、消防車聲、人聲、哀號聲，我失神地隨著人群盲目地攢動，火勢洶洶，我從沒看過這麼大的火，燒得天發紅，臉發黑，土地都在顫抖。在火燄中有兩個渾身著火的人，雖然看不清楚面目，但我確定那是雪芬和健人，他們臉上露出厲鬼般的神情，我如同置身於七十年前那場大火，時空倒錯，誰替我添了一把火？也許是我的惡靈分身去放的地獄之火，也許是……。

失魂落魄地走回家，看見雪芬癱坐在門口尖叫：

「快！快！爸爸媽媽在裡面！快去！」

這時健人從樓上下來奔向媽祖宮，我問雪芬：

「怎麼會這樣？」

「爸媽說要一起去轉運祈福，誰知道！」

「你呢？你剛才去哪裡？」

「我去拜孩子的墳，今天是周年忌日！你忘記了？」

「阿公呢？」

「不知道！廟裡家裡來回好幾趟，不知在忙什麼！」

我沒想轉身，但我以最快的速度衝向媽祖廟，正在救火的健人阻攔我，兩個人扭打一陣，我衝進廟裡，撲向全身著火的父親與母親，這時廟門轟隆一聲倒下來，壓在我們的身上，火雨直落，天崩地坼，如同置身於火山熔岩中，我的肉身正漸漸融化。

# T天使

理想的麵包店，應該是開放空間，可以看見糕點誘人的色香，玻璃櫃明亮且照著柔和的燈光，最好廚房也是開放式的，可以欣賞麵包形成的過程。無論麵包或糕點都是剛出爐，一出爐就被搶購一空，遠遠就聞到那香死人不償命的麵包香，如果常推出新口味那就更好了。如果店員是女的，而且又是T，那絕對具有致命的吸引力，因爲她們至柔至剛，又會討女人歡心，哪個女人不愛麵包屋？「月光盒子」就是這樣一家麵包店。

今天「月光盒子」麵包房客人特別多，隊已排到超市門口，崇恩發現一個女孩在付錢時在偷瞄她，女孩長得不錯但不是婆，欲笑不笑的神情，還不時往後招手，不知她招的是哪一個，一臉神祕，一定又是來看T的。這家麵包店在百貨公司的B2，生意一直很好，草綠色的廚師制服，賣烤地瓜，健康養生麵包，整天香噴噴，客人很多，都是熟客，每一個人都會點一杯咖啡，看麵包師做麵包，看起來有家庭的風味。最早來這裡打工的T是大方，方容心，哲學系五年級，她長得高高胖胖，留著小平頭，是個美食家，有一個善於品味的舌頭，她幫老闆開發新口味如南瓜派、地瓜酥、烏賊麵包三明治，成爲這裡的店長，以致大學念到延畢。她有一個愛花錢又恰北北的女朋友，這裡一小時一百二，一天打下來一千多，後來一個傳一個，來打工的T共有五個，變成T窩。在這充滿麵包蛋糕香的女性空間，嗅覺與味覺處於幸福的巔峰，幾乎讓人忘記一切煩惱，每個人進來都快融化，這是她們的家，專門收容孤絕的靈魂。崇恩最晚來，長得最瘦長高䠷，許多小女生趨之若鶩，可惜眞正的婆不會來，因爲這裡的T都死會了。崇恩的女朋友寬寬，一心想出國，寬寬家有錢，崇恩家不怎麼樣，爲此她得籌學費。長得矮胖有肌肉的阿文，常舉啞鈴，女朋友是社研所的，比她大又會念書，她只好賣勞力了。龍龍長得又瘦又小，也不算好看，專愛追又美又傲的美眉，搞得老在失戀。她的家境好，又是獨生女，來打工只是湊熱鬧。容兒才大一，卻是資歷很深的老T，她國一就有女朋友，穿著很有品味，一頭亂髮中夾著淡金色的接髮，黑襯衫配垮褲，一雙LV的黑球鞋，手上老戴著護腕，她根本不打球。最近交的女朋友蒂芬妮，是以一枚蒂芬妮戒指訂情的小詩，她是她們之中唯一公開，而且敢在校園中跟女孩子摟摟抱抱的。小詩也是經驗豐富的婆，就是愛亂花錢，容兒出手又大方，卡債煩重，不得不打工。

五個人中，大方最沒經驗，算是第一次，一天到晚擔心女朋友跑掉。大方的女朋友小敏，是個Bi，以前交過許多男朋友。其實大家都差不多，這世界上有純粹的T，卻少有純粹的婆，這是T共同的命運。異性戀都會變心，更何況同志？像容兒女朋友一大堆，還得編號，她也三心二意，弄得那些女孩子成天爭風吃醋，還有人自殺，就在麵包店中，當著容兒拿美工刀割腕，一群人去制止，血珠飄飛，濺到麵包上。那一天大家清了一天，麵包大多丟掉，容兒被扣一個月薪水。大方罵了容兒一頓，最後塞了一點錢給她。容兒常勸大方，任意讓女孩來去，越在意越難成事，但大方想不開，她對自己也不確定，累了就說：「我乾脆也去找男朋友算了，好累好累！」意志動搖就開始留髮，留得一頭亂髮又不修邊幅，被大家譏笑像金剛，沒辦法，誰叫她長得虎背熊腰。

崇恩從小跟女孩子親，家裡都是姊妹，從小學在學校就是女生包圍的對象。她發育得早，五年級就長到一六五，功課也好，又是班長，每天都有女孩在抽屜裡放花放糖果卡片，那是她的黃金時代。上了中學，因爲沒考好自暴自棄，吃成大胖子，不再吃香，青春期大家都是外貌協會，長得不美是一大致命傷，只有努力念書，居然考進醫科，家裡沒錢還是得努力爲她湊學費。沒想到在網上交友，一提醫科，反應非常熱烈，承恩其實喜歡文學，希望找到文學才女爲伴，從眾多的網友中，選中寬寬，寬寬的文筆好，寫的信一半散文一半新詩，看得承恩心折不已，每天都等著讀寬寬的信，還沒見面就決定要愛她了。第一次見面寬寬梳了兩條小辮子，白襯衫牛仔褲，靈秀的樣子遠遠超出承恩的期待，承恩彷彿置身夢中，回去繳盡腦汁給她寫一封熱烈的情書，還用英文在最後寫著：「I was born for you!」從此猛K夏宇、米蘭．昆德拉、索因卡，寬寬笑她是文藝青年，比外文系還像外文系。承恩的本業反而沒顧好，每一科都在補考邊緣，所以只打一天工，打工時隨身帶著PDA、MP3，K哈里森，聽格蘭英語，下載一大堆資料，一有空隨時進補。

寬寬比她想像的還優，年紀輕輕已得過好幾個文學獎，立志要當小說家，每天帶著崇恩的筆記型電腦，在上面塗塗寫寫，崇恩把新買的平板電腦讓寬寬用，自己用的是高中時代的倫飛筆記型電腦。崇恩恨不得把自己最好的給寬寬，以寬寬的條件追她的男男女女一定很多，爲什麼選中平凡的她？崇恩本有輕微的恐慌症，這下子更嚴重了，上課不專心，頻頻出錯。她覺得自己不夠格讀醫科，班上競爭的風氣很盛，筆記考古題要有辦法才弄得到，可男生她不願去討好，女生視她爲異類，醫學系本來女生就少，稍有姿色的女生早被追跑，醜一點的也有男同學獻殷勤，像她這樣男生不近女生不親，只有獨力奮鬥。現在課堂報告都要用 PowerPiont，人人一手提一個手提電腦，講得天花亂墜，老師不管三七二十一先批一通，少有肯定的語氣。口才好的當然較吃香，崇恩的口拙，每次報告被老師電得金光閃閃，好幾次課後崇恩躲進廁所哭。有一次在廁所門口碰到同班同學阿桐，他是 gay，長得很秀氣，T 跟 gay 本來是兩個世界的人，但他們知道彼此是什麼，承恩實在太苦悶，便找他訴苦：

「我想放棄讀醫科，好累，我讀不來！」

「你太注意自己的表現，誰不是被批得一文不值！」

「我不夠聰明，不夠強悍，我轉系算了！但我不讀醫科，她一定不要我！我乾脆去死算了！」

「又是一個需要吃百憂解的，斑上很多人在吃！」

「幹！我爲什麼要這麼累，當什麼T，找個人嫁就算了！」

「是啊！幹！醫學系一個 gay 也沒有，眞是爛系！我每天望春風，望到的都是白眼，我們兩個誰比較倒楣？」

「我！別的女生都有男生替她們影印筆記考古題，報告時還有人替她們提手提電腦、投影機，我就算要跳樓，只有人幫我搬梯子！」

「我！我幫人弄報告影印資料，他卻叫我死到別地方去！我一天失戀一百次！」

「我！」

「我！」

兩個人爭到破涕爲笑，阿桐長得不錯，就是太 sissy，連抬手都是蘭花指，男同志就是 sissy 不受歡迎，崇恩說：

「我們眞是難兄難弟！」

「不！是曠男怨女，一對怪胎！」

「せ！你上網找比較快吧！不要找同班的，太傷了！」

「你以爲我沒試過？可是我在圈子裡不吃香，可能太瘦弱，我乾脆去變性算了，身高一六三當女生剛剛好！」

「誰說的，你去練一練肌肉，還有你的蘭花手越來越嚴重了！」

「就是說嘛！我應該是變性人不是gay！」

「看來你的麻煩比我大，你贏了，以後我們通力合作，一起找資料，準備報告怎麼樣？」

「好啊！我認識一家影印店老闆，他會幫我偷印一份考古題，我要他多印一份！」

最近「月光盒子」每天都有一個中年女子來買麵包，她至少四十歲，仍是豔光照人，削薄的短髮染成咖啡色，立體的五官，穿著緊身豔紅色洋裝，戴著水滴形的鑽石耳環，像兩滴大眼淚，每一顆都在兩克拉以上，牽著一隻貴賓狗。她那楚楚可憐的神情令她像需要被保護的小女孩，這是被T寵愛過的婆才有的神情。她的臉上沒有皺紋，卻有濃重的憂傷，連笑的時候都有悽愴的感覺。有人說曾有許多男人和女人爲她喪命，又有人說她曾經是有名的交際花；也有人說她是有錢的女企業家，也有人說她是大哥的女人。麵包屋的T每條神經都被挑起來，她是來找尋什麼？或者她看中哪一個？跟一個像媽媽又像情人的婆、有經驗的婆在一起，一定很幸福，每個人都心動不已，在這個感官開放的空間，一切都可能，一切無障礙。

大方每次都在那女人的籃子裡多放一兩個麵包，女人低頭含笑走了；崇恩給女人偷偷打員購價，女人低頭含笑走了；阿文送她一包小西點，女人低頭含笑走了；龍龍放一朵玫瑰在麵包籃中，幾乎引起公憤，女人低頭含笑走了；容兒丟進一條灑了香水的CD手怕，女人含笑走了。這神祕的女人變成大家共同的情人。寬寬幾乎每天都在觀察這女子，她的身上充滿故事，奇詭的氣質深深吸引著她。

「她一定是失去了心愛的人，才會這麼悲哀，她一定有個情人長得像我！你看她大都是我值班時來！」容兒說。

「ㄟ，你值班時，我也值班，她是來找我吧！她是我喜歡的那一型，雖然大了二十歲，不過四十歲的女人還這麼漂亮的眞是少見，看到她我就想到白首偕老。」龍龍說。

「什麼時候你們變得這麼愛吹牛？我看她是來看大方的，她的注視有光，我敢肯定！」

「不對不對！她是來看崇恩的，只有她看得到崇恩的注視有光，她看我時我沒看到光啊！」大方說。

「那我呢？她每次來都會主動跟我說話！」阿文說。

「吹牛！」阿文馬上遭到圍攻。這時寬寬夾著平板電腦來了。

「你們在說什麼，這麼囂張，大家都在看你們呢！」

「沒有吶，瞎胡鬧！」崇恩對其他人映眼睛。

「電腦當掉了，你幫我看看，我的小說寫了五萬字，如果不見了，我也不想活了！」才說著，崇恩馬上幫她看電腦，就在這時，那神祕女子又來了，大家屏息看她，連寬寬都抬起頭來看，她向那女子說：

「你常來吧！你不怕被她們吃了，一個個流口水呢！我們一起逃吧！大方，南瓜派烤好了沒？我們到隔壁UCC喝咖啡，我也是每天來，反正在等我的電腦。」

神祕女被這突來的邀請吃一驚，不過很快的她的嘴在笑，眼也在笑：

「怎能讓小女生請，我請！」說著兩個就坐到UCC去了，一群T沒想到寬寬這麼直接，一群愣在那裡。

寬寬與神祕女面對面喝咖啡，神祕女說：

「你對我很好奇吧！我知道妳是崇恩的女朋友。」

「你的身上充滿故事，我是寫小說的，對你當然好奇。」

「好奇的人是會惹禍上身的。」

「我不怕，寫作的人是要跟魔鬼交易的。」

「告訴你，我就是魔鬼。」

「你是魔鬼，那我是吸血鬼！」

「我眞的是魔鬼，而且是吸血的魔鬼。」

「是嗎？就算你是魔鬼，那又怎樣？」

「年輕的女孩，這世界你看得還太少，跟我交易是要用性命的。你要拿什麼跟我交換？你要從我身上得到什麼？」

「我想得到你的魔力還有你的故事。雖然崇恩愛我，但她愛的是我的才氣，我甚至覺得她嫉妒我，我們的心靈並不相契，如果我擁有你的成熟和魅力就好了！我在你身上看到繆思女神，這不是我的錯覺吧！」

「繆思女神是善於變身的，有的時候祂跟魔鬼沒有兩樣。」

「我要知道，全部知道。」

「你能付出什麼代價？」

「青春吧！像你這樣有年紀的人，應該需要吧！」

「不！不需要！」

「那愛情吧！你是不是喜歡崇恩呢？雖然我也很愛她，但我知道我們不會長久，與其以後痛苦，不如現在痛苦。」

「不！我喜歡他們全部，包括那個麵包店，那裡家的氣氛！不只是崇恩而已。」

「那你說吧！你想要什麼？」

「我要大方的天使翅膀。你不知道她是天使嗎？她自己也不知道。我已經注意她很久了，她是我一直在尋找的，你把它取來。」

「大方？這世界上眞的有天使？你瘋了嗎？」

「你相信魔鬼，難道就不相信這世上有天使？」

「她的翅膀在哪裡？」

「她會知道的，你找到再來談吧。」

寬寬一面搖頭一面走回麵包店，崇恩問她怎麼了，她在崇恩耳邊說了一陣，崇恩跳了起來：

「什麼？她根本就是神經病，你不要聽她在那裡胡說八道。」

「什麼神經病！」容兒等人一起圍過來，崇恩說開之後，大家都看大方，大方尷尬地苦笑：

「少尋我開心，你們有誰看過這麼醜這麼壯的天使嗎？我看那女人腦筋有問題。」

「要說誰最像天使，寬寬最像，我們一個比一個魯鈍，沒靈氣。」阿文說。

「對啦！她嫉妒你，又看你愛胡思亂想，故意耍你的。」龍龍說。

「天使哦？我覺得我的蒂芬妮才是天使！」容兒說。

「爲什麼是大方？」崇恩不斷搔腦袋。

「說到翅膀，如果說跟我有點淵源，很小的時候我家養過鴨，鴨翅膀倒吃過很多。」大方苦著臉說。

「寬寬，我看你別去惹她，那女人邪得很。」阿文說。

寬寬若有所思抱著電腦走了。

那天大方回家後洗澡，發現肩膀上左右各有一塊十元大小的紅斑，摸來很癢，大方老去抓，不久潰爛，久治不好，她以爲是不太名譽的病，不敢對任何人說，過了一個禮拜，大方失蹤，只留下一封不像信的紙條：

我有一雙天使的翅膀，女人要我跟她走，說這世上有榮光有神聖之所在，生命完全浪費，一切只有愛。

大方失蹤，大家陷入恐慌之中，到處尋找那神祕女的消息，大方的失蹤一定跟她有關，正商量要報警，神祕女倒先出現了，大家一起圍住她：

「你把大方帶到哪裡去了？你到底想做什麼？」

「她很好，不久就會回來的，寬寬你跟我來，我們談談。」

「不行！不能帶走她！」崇恩說。

「我不要她這種，我們之間的交易才剛開始呢，你有興趣繼續嗎？」

「有。你們不要攔我，不會怎樣的，我們就在隔壁UCC，再說，她對我沒興趣。」

神祕女帶著寬寬到UCC，點了一杯花茶，很享受地低吟：

「九九九九個，再差一個，快了。」

「你到底是誰？接下來你要幹什麼？」

「打從我們遇見，交易已經開始了，難道你不知道嗎？」

「太可怕了，再下來你會找誰？」

「還不知道，但肯定不是你們之中的任何一個。現在你已得到我的故事。你要聽嗎？」

「說吧！我好像也沒什麼選擇。」

「所有故事的主角都要有個名字，你就叫我晶晶吧！在還沒遇見那個人以前，我只不過是平凡不過的女孩，卻以爲自己有多不凡。我生長在一個富裕的家庭，只因我的母親是外室，過著地位低下的生活，沒有名分。父親跟我的關係很疏離，他給我們母女優渥的生活，卻很少出現，這跟我不是男孩有關吧，因爲正室那邊生的也都是女孩。我跟母親相依爲命，但我的內心十分孤獨。母親喜歡文學，母女常同看一本書，她也愛塗塗寫寫，曾經也是熱愛寫作的女孩，在我那個時代，作家是個耀眼的光環，不像現在每個都可以成爲作家，也可以隨隨便便就出書。我十六歲發表文章，二十歲出第一本書，許多人稱我爲『繆思最寵愛的女兒』，文評家捧我，男讀者寫信追求我。但那時的我，哪裡懂得什麼是愛情，只想跟一個有才華的男人共度一生，早早就嫁給那時追我最熱烈的詩人G。在還沒嫁給他之前，每個人都告訴我他浪蕩的過去，說他是個極其邪惡的人，母親更不贊成，她更希望我不要嫁，爲此還斷絕母女關係。但我被他的追求沖昏頭，又中了才子佳人的毒。G沒有職業，卻生活得很好，結婚以後我才發現他被許多女人養著，而我是她的第三任太太。他在性上需索無度，一天可以跟好幾個女人做愛，天天如此，無法想像他有多少女人。他更愛好一夜情，在西門町釣年輕的女孩。你跟他計較，他多的是候補的女人，有幾個女人還彼此協議，分配時間伺候他。只因爲他那一點才氣，他成爲性帝國的帝王。他擅長折磨女人，用盡各種辦法讓她俯首稱臣，並逼你聽他各種變態的情色場面。在這種淫亂的婚姻關係中，我眞的是生不如死，所謂美好的愛情就是如此嗎？婚後不久，我的母親得急病死去，我對人世再無留戀，自殺過後好像上了癮，每天都在設想各種死法，恍恍惚惚過日子。這時我又開始寫了，寫一張撕一張，越寫越糟，有一天自殺後被送到醫院，醒來後坐在醫院的草地上看書，一個穿黑衣的老太婆提著很醜的購物袋走過我面前，停下來盯著我看。你能想像這個路上到處可見的老太婆就是繆思女神嗎？她常化身爲普通人，其實她更像魔鬼，她說：

「你想死又想寫對吧？我們來交易吧！你要死，我送你上天堂，你要寫就得變成魔鬼，用你最愛的人的生命來交換寫作？」

「你是誰？憑什麼跟我交易。」

「我是靈感之神也是魔鬼，你已好幾次跟我交手，如果沒有交易，你不會死成，也不可能會寫成什麼好的作品。」

「難道每個將死之人都會跟你交易嗎？」

「不一定，但那有願望有渴念的人，一定會跟我交易。」

「那些大文學家大藝術家都曾跟你交易？」

「是的。你想好了嗎？」我想了一想這世界已無我所愛的人，就選了第二種。

那之後，我覺得我變了，不但對丈夫的淫亂不在乎，而且樂於看好戲。我知道他也是跟魔鬼交易的人，怪不得他寫得出那絕頂荒謬絕頂奇妙的詩作，我們變成同一類人，我知道他也知道。我的靈感源源不絕，下筆停都停不住，我的文字連我自己都感到驚異，原來我過去的作品如此平庸乏味，讀自己作品覺得今是而昨非。我在寫時又哭又笑，常到一家咖啡屋寫一天，咖啡店的老闆小希是個T，但那時的我沒有概念，只覺得她很懂得生活，她的生活就是狗和咖啡、搖滾樂。剛開始時她沒來吵我，只是看到我來會調比較抒情輕柔的音樂，有時我撫摸她的狗不禁哭了起來，她也讓我哭。就這樣過了半年。有一陣子我沒到咖啡屋去，她牽著她的狗來找我。我記得那一天，她穿著白上衣白色牛仔褲，脖子上繫一條紫色紗巾，騎著腳踏車，狗狗放在車前的籃子裡。拿著我的筆記簿很靦腆地說：

「你掉在我店裡，好久你都沒來，所以……」我看得出她喜歡我，當她純白的身影騎著腳踏車離去，那孤獨的背影，像是飛翔的天使，她是這麼清純像一陣清風一樣，洗滌我的髒汙，我決定要愛她。當愛是一種決心，沒有什麼不可能。女人與女人在一起，像回到青春期或童年無性別的時期。我像蚯蚓一般自斷身軀，又長出新的一截，但那已不是原來的我。我的新的一半是小希塑造成的，我表面變得樂天、懶散、愛音樂、愛狗，但常被巨大的憤怒與憂傷攫住。當我越來越愛小希，我越恐懼，想到與魔鬼的交易，這一切是否在祂的安排中？

我的新作品果然轟動，當一堆文評家說文字如何、意象如何、主題如何，我的心中暗笑，這些凡人怎麼懂得眞正的文章之道。我的丈夫看到我的作品大怒，他暗中調查我，並向媒體暴露我的戀情，小希和我的照片上了報，整天不斷有記者想採訪你，小希的咖啡屋湧進一堆看熱鬧的人群。我的反擊是暴露丈夫淫亂的生活，他一向喜歡錄下做愛的過程，這樣的錄影帶起碼有幾十卷，只要寄幾卷給報社，這太容易了。我們在現實中鬥法，在報紙上互相攻擊。小希在這時悄悄走了，只留下簡短的幾句話：「你變了！變得好可怕，我想我從來都不了解你！」

我眞的失去小希，不管怎麼找都找不到她，又陷入憂鬱想死的狀態。這時魔鬼又出現了，我跪下來求祂：

「請求祢收回我的才氣，我什麼都不要，只要小希！」

「你眞心如此？」

「是的！沒有她一切失去意義。」

「不管如何困難，你都願做？」

「什麼都願做。」

「首先你要收集一萬個像小希那樣的靈魂，然後找到一個魔鬼的替身，你會變回原來的自己，那時小希就會出現了。」

「像小希那樣的靈魂是指什麼？如何收集他們的靈魂？」

「T，愛T的婆，gay，變性人，他們共同的特點是孤獨，是變異的人種，是黑天使，只要你得到他們的翅膀，你就收集到他的靈魂。」

說到這裡，寬寬問：

「那你說的九千九百九十九就是這個嗎？」

「是啊！你不知道我爲此吃了多少苦頭，連寫作都變得無意義。十幾年來，這段時間我在社會的黑暗角落游蕩，遇見無數的T，當然她們比較容易愛上我，也願意給我她們的靈魂。至於婆，最初我把她們當作我的妹妹，沒想到我也會愛上她們，我不知道那是怎樣的愛，但終於了解你要得到別人的愛必須愛上她們；而且只要你懂得愛，你的愛會越豐沛越壯大。像 gay 是很難愛上我的，但我願當他們的守護神，我曾經陪在一個患愛滋的 gay 床邊，一直到他停止呼吸，他的手緊握著我的手不忍離去，我知道就算是 gay 也需要女人的愛，就像他們需要他們母親的愛，母親卻不要他們。我藉著死亡跟他合而爲一，那一刻我覺得無比聖潔，原來邪魔的極致是聖潔，我已經找到文學的靈魂，卻沒有人能眞正了解我的作品。就這樣我收集了九千九百九十八個靈魂，現在加上大方，已經是九百九十九個，你呢？只要你幫我再找到一個，就功行圓滿，你也可以得到你要的一切。」

「爲什麼是大方？難道崇恩、阿文她們都不是嗎？」

「天使有天使的印記，只有魔鬼才能辨認。」

「我不想成爲你的替身，也不想成爲魔鬼。」

「是嘛？可是你已經在走我的路了！」

這時崇恩突然出現，他說：

「我願意！我已經在這裡偷聽你們的談話很久，只要能讓我擁有愛的魅力，成爲一流的醫生，我願意交出我的靈魂，並成爲魔鬼！」

「就算你跟寬寬分離，你也願意？」

「與其讓她變成魔鬼，不如我來當，反正都必須分離，我願意像你尋找小希一樣尋找寬寬，歷經各種考驗，我一定會找到她的！」

「崇恩，不要！」

「寬寬，我不要你受這麼多苦，讓我來受吧！」

「不要爭了！你們都不是我要的！」女人的臉痛苦而扭曲。

「你們不知道我有多焦急，多痛苦，此身此心長在煉獄，煎熬十數年，長路漫漫，無有盡極！」

女人還是天天來，戴著兩滴大眼淚，坐在遠處觀看著「月光盒子」，有一天阿桐追著一個男子衝進「月光盒子」，他手上拿著一把手術刀，兩個人在麵包店中衝撞，糕餅翻落一地，人群都圍過來，崇恩拉住阿桐，阿桐狂吼著：

「不要拉我！我就是要讓你看看這個人怎麼踐踏我、撕裂我。崇恩！如果你眞是我的朋友，捅他一刀！」那人拿著麵包拚命向阿桐丟去。

「你們冷靜一下，什麼天大的仇恨，好好說嘛！」崇恩說。

「他知道我喜歡他，用各種方法羞辱我，還到處散播謠言，讓我在學校待不下去，今天我也不想活了，你們作見證，是他逼我的，今天不是他死，就是我死。」

「你們這些大變態，最好全部死光光！」那長得一點也不怎樣的男人大叫。

「我殺了你！」眼看阿桐就要拿刀衝過去，眾人過來拉住他，那個男人乘機逃走了，就在那一瞬間，阿桐拿刀刺向自己胸口，血珠子飛濺到麵包上。

「快！快送醫院！」崇恩說。

「我有車，在地下室，你們大家趕快抬下去吧！」紅衣女人在旁觀看多時，這時指揮若定，在慌亂中，所有人都跟著她走，她身上的紅衣彷彿是光。

還好傷口不深，縫好傷口，阿桐沉沉睡去，紅衣女子站在床邊看著他說：

「你看他的臉，發著光呢！就是這如煙霧般的光，洗淨一切罪惡，我終於找到第一萬個天使，一萬個天使才能抵擋一個魔鬼，你們知道嗎？」

「那魔鬼呢？」寬寬問。

「魔鬼已經跟著那男孩走了！」

阿桐醒來後對崇恩說：

「我好累，下輩子連做人都不想！」

「不要放棄希望，這世界有的是奇蹟！」

「連奇蹟都拋棄我！」

這時晶晶坐到床邊附在阿桐的耳邊說了一些話，阿桐的臉上漾開微笑：

「我不知道你是誰，但我願意交出我的靈魂，只要有一天眞的找到我的愛！」阿桐緊緊握著晶晶的手，如同陷入熱戀的情人。

「你會的，將有眞愛包圍你。」

那之後阿桐彷彿變成另一個人，帶著朦朧的微笑，天天泡在「月光盒子」，奇怪的是，以前上門的多是女客，現在男客也漸漸多了。阿桐加入賣麵包的行列，不知道麵包有何魔法，它讓每個人眼睛發亮，散發幸福的芳香，阿桐穿著綠色的制服看起來特別帥，許多男生衝著他來買麵包，這其中小白最迷阿桐，不久兩個人就在一起了。

現在的「月光盒子」特別擁擠，在這個充滿致命香氣小小的空間，彷彿是靈魂治療室，孤獨的靈魂集中在這裡，跟麵粉與糖攪在一起，溶化，然後發酵，膨脹爲愛的香氣與口感，一個一個飽滿又誘人。賣走一個，又上一個，上不完的香甜蜜果，長成一棵伊甸園大樹，垂著曼陀羅藤蔓。

一天，有個穿白衣白牛仔褲的T，走進「月光盒子」，她有點年紀了，黑髮中夾著銀絲，臉孔卻清俊無比，崇恩問她：

「請問你在找什麼，需要我服務嗎？」

「是不是有個叫晶晶的女人常到這裡來？」

「天哪！難道你是小希？」店裡的T都圍過來。

「你們怎麼知道我的小名？晶晶呢？」

「她每天都來，她每天都在等你，也許她就快來了！」

小希笑了，那笑仿如天使。

# 桃花

兩姊妹各有一顆桃花痣，姊姊阿蜜的在腮邊，妹妹阿廉的在下巴，阿蜜的那顆因較接近嘴唇常被取笑爲貪吃痣。小時候阿蜜長得圓滾滾像俄羅斯娃娃，大人看她可愛捏她的臉頰說：「小胖妹，長一顆貪吃痣，不能再貪吃了，小心吃成豬八戒！」阿蜜以爲是嫌醜的話，眼淚掉個不停，直到被母親摟在懷裡：「誰說阿蜜胖，阿蜜最可愛最漂亮了！這是美人痣不是貪吃痣！」彷彿賭氣似的，硬要把貪吃痣改寫成美人痣，阿蜜越長越漂亮，而且身段苗條，有那顆痣顯得更嬌媚，桃花朵朵開，男生女生都迷她，來偷看她的人無數。

阿廉的美人痣倒是無可置疑，小瓜子臉杏眼桃腮，從小就惹人疼愛，如有人說她是小胡錦，馬上變臉：「哪是？她那麼醜！」可長大後倒不怎麼漂亮，端莊中有一點古板，令人不敢親近，只有笑的時候下巴的痣彷彿也跟著笑。

「爸媽生我們倒公平，一人一顆桃花痣。」阿蜜說。

「哪是，你比我漂亮。」阿廉說。

「可是小時候你比較漂亮，你美了十幾年才換我！」

「我寧願不要這顆痣，好像長得不漂亮對不起它似的。」

「臉上的痣少有好的，不是剋夫就是多病，我這顆在古時候也就是淫邪的命！」

「誰說！你那顆跟伊麗莎白·泰勒一樣，你看她顛倒眾生，到老還有人追！」

「她可是嫁了五次，我可不要！乾脆點掉算了！」

「別！小心桃花點光光。我這顆才不好，命書上說是老時孤寡多病。你看胡錦不是得了什麼癌？」

「不點掉，你想哪一天當尼姑，臉上有顆痣，一張桃花臉，六根不淨！」

「那也沒辦法，天生父母給，只好接受。」

兩姊妹家族是多痣的血統，祖父劉定邦眉中與嘴角各有一顆帶紅的痣，他對相術頗有研究，鄉人也常請他看相，他不收錢只收紅包袋，大家都叫他「劉仙」，他分析自己的面相：「臉形肥滿五官圓潤，衣食無憂，眉中藏珠主聲名遠揚，這嘴邊紅痣，吃喝不盡！然眉頭濃眉尾淡，主氣運早衰，爲破格，唉！人無完美之相，貴相有破格，賤相也有貴氣。」

劉仙十八歲留日學醫，二十八歲即取得醫學博士學位，回國擔任帝國醫院副院長，官至衛生部部長，五十五歲提早退休，在家唯看書種花，偶爾替人看相。老家翻修成大洋樓，園內種滿各種珍奇花卉。他愛住好房子，在吃上更是講究，一天五餐，早餐一律是咖啡、土司、雞蛋，加一杯自己調的精力湯，看一會書，做三十分鐘自己發明的體操，十點喝一碗甜湯。中午簡單吃，兩菜一湯，菜多肉少，下午吃一盤點心，晚上吃的是宴席菜，至少八道以上，且道道講究。家裡養著一個廚子，兩個人一起研發新菜，人稱「劉家菜」。陪客盡風雅，酒也是上等，這餐飯總要吃兩個小時以上。家眷一向另開一桌，誰也受不了每天大魚大肉，只有阿蜜從席前吃到席尾，酒也能喝上兩杯，劉仙說：

「這吃福是天生的，我一生忙碌，常忙到兩天兩夜沒闔眼，如果不是吃得好，營養夠，身體早朽了！」

「阿公貪吃就貪吃，還要找理由。」

「哈哈！會吃就是福，你也是有吃福的，像阿廉那種吃飯還數粒，千拜託萬拜託才吃一口，這是無福之徵，她啊！命不好。」

「阿公知道自己的命嗎？」

「我從不算自己的命，但我有自知之明。我官做得不好嗎？也不是，五十四歲那年動一個大手術，手抖個不停，我知道不能再拿手術刀了。我從小學開始，年年成績第一名，那是苦讀出來的。累了大半輩子，該享福了，就這樣退下來。命呢！五十五十吧！一半靠自己。」

阿蜜心裡常疑惑，眞有所謂命數嗎？還是人一旦相信命數，爲自己畫出生命藍圖，就越往藍圖上走？什麼叫好命？像父親臉上的痣多如雀斑，照祖父的說法「痣多必不祥」，父親一生鬱鬱不得志，身體亦瘦弱多病，這跟臉上那幾顆痣有關嗎？一個多痣的家族，痣點多如星點，這一幅星圖藏著什麼樣的神祕天啓？生命奧祕？而遺傳更是神奇，爲何每人不同？姑姑的痣在兩眉之間，說是最貴的觀音痣，她的命看起來普通得很。大伯的痣在眼下，是所謂的淚痣，照說命運不濟，生意做得錢財滾滾。可見所謂的貴賤同義同命。傳說今生的痣，是前世死時，親人滴落的淚珠，她喜歡這淒美的說法，情重如命如痣，她但願擁有母親光潔無汙點的臉龐，彷彿是無染的生命，怪不得母親一生下來即吃長素。

阿蜜不喜歡自己有染的臉，尤其是口欲重，可她天生的味覺敏銳，襁褓時期只要牛奶泡得不對，馬上吐出來；菜不新鮮，三尺遠就聞知；常做的菜加了新調味，她馬上辨別得出；好酒壞酒新酒老酒，只要一入口，立刻得到驗證。祖父最喜歡拉著她一起吃，一起品評味道，每個週末祖孫坐自家驕車到國賓飯店吃西餐，風雨都阻擋不了。劉仙穿西裝戴紳士帽，六十幾歲還是健步如飛，髮黑臉光，看起來只有四五十；年方十來歲的小阿蜜，拿著銀刀叉傾著頭似乎在傾聽食物的聲音，細切五分熟上等松阪牛肉。聽說松阪牛常聽音樂，長成的肉特別甜美，這樣的牛應該具有音樂的靈魂，她小口小口慢慢品嘗。是的，食物會發出聲音，好的食物裡有天籟，如風鳴蟲叫海螺濤聲，連好的甜點亦會發出敲小鐘的聲音，叮噹！這就對了，好食物剛入口的快感是全面的，像戀愛的感覺，無法解釋，第二口才能分析；反之不對的食物是喑啞的，沉悶如死。一般人難道不能分辨嗎？阿蜜可是聽得清清楚楚。有時小喝一兩口紅酒，祖父最愛的法國香橙甜鴨、生蠔、鵝肝醬擺滿一桌，最後是熱巧克力蛋糕，這時祖孫交換會心一笑，這一週之盛事方才結束，這種默契只有祖孫懂得。

劉仙也不是盡會享福，他在郊外買一塊地建醫院，想爲鄉人蓋一間最大的醫院，他自己設計、監工，可建造過程並不順利，歷經三次颱風，兩次地震，好幾次土石流，工地崩塌過兩次，蓋五年還只有骨架。劉仙常帶著阿蜜去看工地，在荒涼的山腳下一座龐大的鋼筋骨架，像一個鐵籠子罩住劉仙的命運。他是一個從來沒輸過也不認輸的人，在醫院未完成之前，絕不公布消息，他對阿蜜說：

「你要保密哦，說出去就沒意義了。」

「這裡沒有馬路也沒有人家，阿公爲什麼把醫院蓋在這裡？」

「誰說沒有人，從這裡上山，住著許多原住民，我年輕的時候到過那裡義診，全村只有一個小小的衛生所，沒有醫生，只有一個檢驗員，醫護全包了，他還是原住民，我在山上被毒蛇咬，是他救了我。那時我許了一個願，等我有錢一定要在這裡蓋一座醫院。」

「那阿公當院長，我當護士?」

「好!這是我們的祕密協定。」

家人都說祖父偏心，有好吃的好玩的只帶阿蜜，阿廉一點也不在乎，她說：「是我自己不愛吃，我覺得把時間花在吃上簡直是浪費生命。」阿廉只喜歡看書，整天躲在房裡塗塗寫寫。她有一種怪癖性，不與人打招呼，凡人家給的她都不要，連爸媽送的禮物也得當心，不一會兒就全到垃圾筒。生日時同學送的相框啊洋娃娃、狗熊啊，全倒了，送她書也得是她愛看的，而且是全新沒人碰過，否則命運都是一樣。她吃自己的飯買自己的東西，別人買的她全不要。像這樣難取悅的人，幾乎一個朋友也沒有。

阿廉從不以爲自己是寂寞的，她只喜歡跟自己在一起，應該說另一個自己。從小她就感覺到「她」的存在，她是一個又模糊又具體的存在，是接近神的存在，更完美更高潔的自己，她將她命名爲「靜」，每當她感到快樂或痛苦時，不斷對靜傾訴：

「靜，這世界渾濁不堪，只有你是清明，快樂與痛苦有何區別呢？我不能因快樂而快樂，因痛苦而痛苦，那只是表象，必須看清楚的是本質。」

「靜，人眞的需要朋友或別的人嗎？只是因爲害怕寂寞，而去呼朋引伴，他們是軟弱而自私的，人只需要自己，天堂或地獄都在自己自己心中，不是嗎？」

「靜，我可以看見你，你是那天上的雲，讓我時時仰望；你是清澈的小溪流，照見一切，也照見我的臉，你無處不在，那讓我甜蜜又痛苦的都是你啊！」

吃與不吃的人生會產生如何的化學變化？會吃的阿蜜，見過的世面多，最會看人臉色，猜人心事，這也是食之聲衍申出來的人之聲。她看人有她的一套，先把他的動物屬性找出來，譬如說長得像鼠的人，做事不光明磊落，專會做偷雞摸狗之事，也愛講小話；長相像豬的人，精力充沛，爆發力十足，然後續無力，倒不是因爲貪懶，而是虎頭蛇尾。阿蜜看過長得像癩蛤蟆的人，雖然打扮得花枝招展，那形體明明白白就是癩蛤蟆，肚大四肢短小，大嘴尖而突出，鼻子扁平，眼如銅鈴，聲音尤其難聽，聽說她還花錢整臉塑身，眼睛是大一點鼻子也變高了，可人脫不了獸形，此即她的本性。此人愛作怪，心狠毒無比，見不得人好，總是說別人壞話，其實她最壞。也有長得像蟑螂的，偏偏喜歡穿咖啡色系，這種人是專門破壞別人好事，成事不足敗事有餘。劉仙說：

「獸形人皆能成大事，猴相人奇貴無比，豬相人富可敵國。這都是有命格之人，至於那看不出形體的渾濁之體是無格局之人，成不了什麼大事。」

「那阿公長得像一匹馬，臉好長，聲如洪鐘，是一匹健馬！」

「非也！是天馬。」

「那我呢？」

「你是玉兔，白白淨淨，通體圓潤，看似無爲，一躍入月，像嫦娥一樣！」

「那阿廉呢？」

「阿廉像山羊，孤傲瘦弱，一生好強！但那孤傲不是好的相格！人啊！欲望在哪裡，享過滿足的滋味，就會心胸寬和。一般人汲汲營營，東鑽西鑽，那都是沒吃飽的，吃飽的人樂天知命，像我，像你，阿廉就是餓過頭，一身怪毛病。」

「爺爺又是一大堆歪理，不都是爲了吃嘛！」

阿蜜的個性慷慨大方，不與人爭，又好請客，所以朋友眾多，與她結拜的姊妹就有「十二金釵」，她們後來大都在餐飲界金融界，各有一片天，嫁的也都是三高一族。阿蜜到美國讀完餐飲碩士，在五星級飯店當經理，她又是專業品酒師，很得老闆器重，每有重大場面都由她撐場。阿蜜閱人多矣，追求她的都大有來頭，她偏偏愛上有「美女殺手」之稱的鋼琴手小汪，小汪什麼事都做一半，高中讀一半被退學，到美國讀音樂也沒念完，當兵當到生病除役，進樂團也中途拂袖而去，淪落到飯店彈鋼琴。他長得也不是特別帥，交的女朋友一個比一個漂亮，又不專情，見一個丟一個。阿蜜初見他時，只覺得這個人特別渾濁，看不出格局，甚且是不悅的。他常遲到請假，一副隨時準備走路的樣子，有一天他還醉醺醺地來上班，臨上場只差一分鐘，總經理都發火了。阿蜜等他演奏完畢請他進辦公室，小汪吊兒郎當的說：

「要走就走，別訓話！」

「你以爲這樣就可以走了，你預支十萬先還來！」對付頑童就得用頑童的辦法。

「有錢就還嘛！」

「以後你的薪水一天一天算，一半還來，而且親手交到我這裡。」

「你是想吊我？用這招！」

「我不管你怎麼想，就是這樣！」

小汪果然按期還錢，有一次在休息時間摟著一個辣妹在牆角親熱，被阿蜜逮到，小汪來時小心翼翼看她臉色，阿蜜笑咪咪地說：

「扣一個月薪水，現在又是欠十萬。」

「你又不是我姊姊，管這麼多？」

「我就是你姊姊，我大你五歲。」

「我的姊姊可多了！」

「誰管你姊姊多，我只針對你，你最好也別動什麼歪念頭。」

就這樣小汪的欠款始終沒還清，這次做最長，一年之後兩個人在一起，眾家姊妹都來勸：

「隨便挑一個都比他好十倍，你不要這麼瞎！」

「不要條件，總要講品格吧！他那一身邪門，早晚被他害死。」

「聽說他的女人比衣服多，你又何必降格以求？」

「我看飯店少東不錯，他都追你好幾年了，改邪歸正吧！」

阿蜜雲淡風輕地說：

「謝謝你們的好意，但感情的事沒什麼道理，我也講不清，這是命吧，我的命我自己走。」

「唉唷！虧你是留洋的，還相信這個！」

「不是信不信的問題，這個字最能解釋一切。」

阿蜜跟小汪在一起三年，弄得自己名聲不好沒人敢追，起先不計較他有多少女人，漸漸也開始失態，常開車追蹤小汪，到各個賓館捉姦。小汪一向觀前不顧後，又大剌剌的，實在太好抓了，抓到了他誰也不護，不是冷眼旁觀，就是穿衣服走人，讓兩個女人打成一團。有一回，阿蜜跟一個十七八歲的少女互扯頭髮，想想自己淪落至此，放手大笑，對那女孩說：

「不打了！你走吧！」說完按著肚子大笑。

「老怪ㄎㄚ！」染白髮的辣妹不屑地走了。

阿蜜有一次從遠處看小汪走過街道，一身勁裝，身上還披掛一些金鍊銀鍊，他揚揚額前長髮，顧盼自雄的樣子，這男子到底什麼地方吸引她？難道貪戀他那一身青春好皮相？什麼是愛情？不過跟美食誘人的發動沒兩樣，像他這麼渾濁的男子，也算不得美味，之前看不出他的原形，糊糊塗塗被迷惑了，現在看清楚了，他的身體中藏著一個桃花女子，他並不愛任何女人，只愛他自己。聽說桃花有本命樹，也許她就是那棵本命樹，兩個人糾纏個沒完沒了。所謂的桃花命是小桃花遇上大桃花，但她已下定決心斬盡桃花。

阿蜜很快地嫁給飯店少東，成了少東夫人，任小汪死纏爛打，婆家倒是不計較她的過去。阿蜜以贖罪的心效忠夫家，事必躬親，跟廚子研發新菜色，以她的交際手腕和對美食的稟賦，把飯店經營得有聲有色，阿蜜對祖父說：

「可見這命是可以自主的。」

「是啊！知人命不如知心，知人莫過知己。」

劉仙過了七十，虔心修佛，美食不再沾碰，並謹守過午不食的戒律，阿蜜說：

「阿公是天馬，何必這麼拘泥形式？我給你做好吃的素齋。看你怪可憐的！」

「我哪有什麼可憐的，只有像我這種吃飽的，修行才透徹。食物對我已沒吸引力，什麼都可以吃，什麼都好吃，人老了，就應該這麼過，吃太好是要生病的。」

山腳下的醫院蓋了十多年，因貸款的問題，蓋蓋停停還是未完工，劉仙每天散步到這裡，對著如廢墟般的建築唉聲嘆氣，阿蜜想辦法爲祖父周轉工程款，醫院又復工。因地處偏遠，找工人不易，蓋蓋停停，阿蜜決心替祖父完成心願，有時自己監工，婆家娘家兩頭忙。

阿廉念完碩士，進入女中教書，辦公室裡就她的卡片、禮物多，來自學生、匿名的愛慕者，她拆也不拆，趁人不注意時，全倒進垃圾桶。鄰座的辜老師，理光頭穿唐衫，單鳳眼似睜不睜，寒單薄唇如一線，面無表情，聽說是在家居士，精通內典，每天眼觀鼻鼻觀心，好像看不見俗世的一切，兩個人隔坐半年，沒說過一句話。

一天阿廉當著他的面，把一堆未拆的禮物倒進垃圾筒，辜老師一面撿一面說：「暴殄天物，捐給慈善單位吧。」這話好像對他自己說，阿廉想：「我丟你撿，看你能撿多久。」這之後眞的阿廉丟多少辜老師撿多少，幾個月後接到孤兒院的感謝函，阿廉把信丟到辜老師桌上：

「看你幹的好事，你愛當慈善家，儘管去當，別冒我的名！」

辜老師笑而不語，阿廉開始注意這個男人，長眉高顴，長相單薄，就像個老道或和尙，年輕輕的當什麼居士，聽說還組一個佛學會。阿廉找了些佛經來讀，心中甚多疑惑，一時好奇到他的佛學會聽高僧講經，聽久了聽出興趣，十分精進，辜老師看到她來，也就雙手合十，淺淺鞠躬。阿廉比什麼都不會輸人，比這個她連門檻都沒有，心一直在一團迷惑中，也不知是對佛學有興趣還是對辜老師好奇。在她的眼中辜老師是她見過最乾淨的男子，她是願意去比鬥的，總有一天她的修行境界要比上他，她是用追求聖境的心去與他同修。寒假時佛學會一齊到法鼓山打禪七，男女眾分開，又得禁語，七天內大家互不通消息。阿廉焦急在人群中尋找他的影子，辜老師從未來尋她，一直到第七天打包回家時，才在大佛堂中遇見，辜老師又是眼觀鼻鼻觀心合十禮拜，神情舒泰，阿廉含著眼淚說：

「你是我見過最無情的男子。」丟下這句便走。

從此阿廉好一陣沒去佛學會，開學第一天，阿廉覺得尷尬，辜老師倒是沒事一般，下班時辜老師說：

「週末我要去南投竹林寺，你想去嗎？」

「嗯！」

約定的那天，兩人素衣素服，很有默契，辜老師開車一路到南投竹林寺，在佛堂作了一百零一拜懺之後，兩人走到廟後的靈骨塔，辜老師呆立一陣說：

「九二一大地震時，我家地處南投走山地帶，只有我在台北，全家被活埋，都沒了，原本打算出家，但我有未婚妻，塵緣未盡。我知道你心性高潔，所以……」

「結婚了？」

「五年了，還有一個女兒。」

「她也是佛教徒？」

「不是，她什麼都不信。」

兩人從此無言，歸途都未再交談，送阿廉回家時，在家門口雙雙合十禮拜，辜老師本要轉身回車上，不知爲什麼兩人抱在一起，阿廉像發高燒般說：

「孽緣啊！」

阿廉對靜說：

「靜，我眞的要這種感情嗎？或許他是唯一可以跟我對話的，是的，我總有許多話想對他說，那是靈契，並非世俗的愛情。」

「靜，多年來我不斷對你傾訴，你從未回答，但我知道你會說什麼，但這次我聽不到你，是否你棄絕我，因爲這是不潔的。告訴我吧！我該怎麼做？」

兩人一直沒有肉體關係，在學校也小心翼翼，有一天辜老師的太太來學校鬧，披頭散髮抓著阿廉的頭髮不放，還不斷毒罵：

「你這不要臉的狐狸精爛貨騷貨，搶人家丈夫，還裝什麼神聖，當什麼老師，你不怕死後下地獄上刀山下油鍋，我就是要撕破你們的假面具，還爲人師表呢！呸！」

阿廉沒有反抗，任她打罵，辜老師倒是不見蹤影，阿廉當天晚上呑藥自殺送醫急救，辜老師才跪在她床前哭：

「我對不起你，讓你這樣受苦。」

「走開！現在我最不想看到你。」

「我再也不要錯過你，我已經掙扎太久了，我要你！」

「我不要你，你很髒！」

「我是髒，但我不要你這樣。」

「我什麼都不要，你讓我變成這樣，我更不要你。你知道我們之間是乾淨的。」

阿廉出院後，失蹤一陣子，然後就出家了，阿蜜去看她，看到她光著頭下巴的痣特別醒目，看起來楚楚可憐，哭得淚漣漣：

「沒想到小時候的戲言，竟然變成眞。」

「人世虛妄，何必再說。」

「我最討厭聽什麼虛妄什麼空，難道你現在就不虛妄？」

「一萬分虛妄總有一分清明。」

「你身體不好，回家吧！」

「你走吧！不要再來！」

「我會再來的，直到你回家。」

阿廉出家後身體更不好，她又拒絕就醫，常常在佛堂中昏倒，然她堅心向佛，誓不悔改。

阿廉問祖父：

「這眞是她的命嗎？」

「這是我幫你們批的命紙，一直沒給你們看，拿去吧！」

阿蜜看阿廉的八字，是金水桃花，問祖父什麼意思，劉仙說：

「庚辛日生，又在子月，金水命格，必然美貌，可惜官星帶敗神，這就是〈源髓歌〉所說的：『滾滾桃花逐水飄，月籠華髮色偏饒。多情只爲空傷合，惆悵佳人魂易消。』金命生在冬天，最是清高清白，所謂冬金坐局，斷臂流芳。」

「果眞這麼神？」

「我是學科學，什麼都要帶三分懷疑，但這命理，眞是可畏！以前我也不全然信，但想想還眞神。」

「那我呢？」

「也是金命，唯命中帶火，就是貴人多，所謂『貴眾則舞裙歌扇』，貴人太多大都是影歌星之流，還好你只有一個貴人，所以能逢凶化吉，嫁個好丈夫，你的丈夫就是你的貴人。」

「看來桃花對女人不好。」

「桃花是愛情的象徵，怎麼會不好？人無愛情如何會好？但情太多情不足，就是不吉之兆了。命相也就是心理學，就算你讀通心理學，也只能幫他人，是幫不了自己的。」

那次對談之後，劉仙就病倒了，不能言語不能進食，一直到彌留，睜開眼一直尋人，阿蜜抱著祖父大哭，眼淚滴到劉仙臉上，家人都來擦：

「眼淚不要掉到臉上，下輩子會變成痣。」

「阿公是不是在找阿廉，我去找她回來！」阿蜜說。

阿蜜趕到廟裡想拖阿廉回家，阿廉說：

「不！一入佛門，誓不回轉，我會爲阿公誦經的。」

「你好狠的心，你要讓阿公死不瞑目嗎？」

「不會的，死是大解脫，你不要爲難我。等到做法事時，我自會去。」

劉仙的葬禮辦得很盛大，阿廉夾在誦經的尼姑中，顯得很憔悴，瘦到駝背的她已稱不上美麗，口中喃喃不斷誦經，下巴那顆痣像昆蟲的小眼睛，一跳一跳。

劉仙死後，醫院終於完工，白色的十層樓尖塔建築，是劉仙設計的，歷經十幾年的長期施工，非常堅固，外形看起來像一座大教堂，村人走過常說：「這教堂蓋這麼大，太誇張了吧！」

按照劉仙的遺囑，醫院捐給佛教團體，辦得也算不錯，聲名遠播，許多病患從各處不遠千里而來。因爲是宗教醫院，義工很多，她們笑咪咪的輕聲細語，醫院大廳裡還有一組唱誦隊。醫院中有免費供應的「清涼茶」，是阿蜜調配的，苦中帶甜，喝來退火。阿廉有時也來支應，兩姊妹遇見時遠遠的合十禮拜，路人小聲說：「桃花痣！那師姑長得跟胡錦好像！不會是她本人吧？」

在同一個空間，李健文在看門診，雪芬立在一旁協助他，「34號」，打開門叫下一個病人，趙沅平被學生攙扶著走進來；在手術間阿桐躺在手術枱上急救；另一個病房，文明的母親側著身擦眼淚，文儀與文明在門口吵架，她都聽見了；在婦產科，羅光遠陪著許蘋來看內診，最近似有懷孕的跡象；在太平間，作家爲死去的父親哀哭。

他們也許從未遇見，也許曾經錯身而過，互看一眼，但他們不會記得彼此，就像十字路口中的人們，你來我往，無來無往。

INK PUBLISHING 文學叢書 127

# 粉紅樓窗

作　　者　周芬伶
總 編 輯　初安民
責任編輯　丁名慶
美術編輯　許秋山
校　　對　余淑宜　丁名慶　周芬伶

發 行 人　張書銘
出　　版　INK 印刻出版有限公司
台北縣中和市中正路 800 號 13 樓之 3
電話：02-22281626
傳真：02-22281598
e-mail：ink.book@msa.hinet.net
法律顧問　林春金律師

總 代 理　成陽出版股份有限公司
業務部／訂書電話：02-22256562
訂書傳真：02-22258783
訂書地址：台北縣中和市中正路 800 號 11 樓之 2
e-mail：rspubl@sudu.cc
網址：舒讀網 http：//www.sudu.cc
物流部／電話：03-3589000
傳真：03-3581688
退書地址：桃園市春日路 1490 號
郵政劃撥　19000691 成陽出版股份有限公司
門市地址　106 台北市新生南路三段 96-4 號 1 樓
門市電話　02-23631407
印　　刷　海王印刷事業股份有限公司

出版日期　2006 年 9 月 初版
ISBN 986-7108-57-4
978-986-7108-57-9
定價 220 元



國家圖書館出版品預行編目資料

粉紅樓窗／周芬伶 著.－－初版，
－－臺北縣中和市：
INK 印刻，2006〔民 95〕
面；　公分（文學叢書；127）
ISBN 978-986-7108-57-9（平裝）

857.63　　95010933

INK INK INK INK INK INK
K INK INK INK INK INK IN
INK INK INK INK INK INK
K INK INK INK INK INK IN
INK INK INK INK INK INK
K INK INK INK INK INK IN
INK INK INK INK INK INK
K INK INK INK INK INK IN
INK INK INK INK INK INK
K INK INK INK INK INK IN
INK INK INK INK INK INK
K INK INK INK INK INK IN
INK INK INK INK INK INK
K INK INK INK INK INK IN
INK INK INK INK INK INK
K INK INK INK INK INK IN
INK INK INK INK INK INK
K INK INK INK INK INK IN
INK INK INK INK INK INK
K INK INK INK INK INK IN
INK INK INK INK INK INK
K INK INK INK INK INK IN
INK INK INK INK INK INK
K INK INK INK INK INK IN

NK INK INK INK INK INK IN
INK INK INK INK INK INK
NK INK INK INK INK INK IN
INK INK INK INK INK INK
NK INK INK INK INK INK IN
INK INK INK INK INK INK
NK INK INK INK INK INK IN
INK INK INK INK INK INK
NK INK INK INK INK INK IN
INK INK INK INK INK INK
NK INK INK INK INK INK IN
INK INK INK INK INK INK
NK INK INK INK INK INK IN
INK INK INK INK INK INK
NK INK INK INK INK INK IN
INK INK INK INK INK INK
NK INK INK INK INK INK IN
INK INK INK INK INK INK
NK INK INK INK INK INK IN
INK INK INK INK INK INK
NK INK INK INK INK INK IN
INK INK INK INK INK INK
NK INK INK INK INK INK IN
INK INK INK INK INK INK